teadue
2132

Dello stesso autore in edizione TEA:

Il suggeritore
Il tribunale delle anime
La donna dei fiori di carta
L'ipotesi del male
Il cacciatore del buio

Donato Carrisi

La donna
dei fiori di carta

Romanzo

Per informazioni sulle novità
del Gruppo editoriale Mauri Spagnol visita:
www.illibraio.it

TEA - Tascabili degli Editori Associati S.r.l., Milano
Gruppo editoriale Mauri Spagnol
www.tealibri.it

© 2012 Longanesi & C., Milano
Edizione su licenza della Longanesi & C.

Prima edizione TEADUE settembre 2013
Settima ristampa TEADUE maggio 2016

A Daniela Bernabò

La storia che leggerete in queste pagine è vera.
Tutto il resto, inevitabilmente, è inventato.

1

La notte fra il 14 e il 15 aprile del 1912, mentre il transatlantico *Titanic* affondava senza aver terminato il viaggio inaugurale, uno dei passeggeri scese nella sua cabina di prima classe, indossò uno smoking e risalì sul ponte.

Invece di cercare di salvarsi, si accese un sigaro e attese di morire.

Quando fu domandato ai superstiti del naufragio chi fosse il misterioso uomo, molti furono concordi nell'indicare un certo Otto Feuerstein, commerciante di tessuti, che viaggiava per affari, da solo.

A nessuno di loro fu rivelata subito la particolare circostanza che Otto Feuerstein, in realtà, era morto nel proprio letto, a casa sua, a Dresda.

Due giorni prima che il *Titanic* salpasse.

2

Un'immensa cattedrale di ghiaccio.

Jacob Roumann osservava la montagna al riparo del muro di trincea. Era lì che seppellivano i morti, nel ghiacciaio perenne. La roccia era troppo dura per scavare delle fosse. Ma c'era un aspetto positivo. In quelle tombe di gelo, i corpi si sarebbero conservati intatti per milioni di anni.

Per sempre giovane, pensò mentre con una carezza chiudeva le palpebre al soldato che non era riuscito a salvare – che età poteva avere? Diciotto, diciannove anni. Poi Jacob Roumann si voltò verso una bacinella di zinco e intinse nell'acqua le mani sporche di sangue. Da un paio d'ore le armi tacevano – quanto sarebbe durata?

Maledetto ghiaccio, disse fra sé.

Aveva sperato che il freddo rallentasse l'emorragia del ferito. Era stato inutile. Senza farmaci e con gli strumenti scarsi e usurati che aveva a disposizione non sarebbe stato possibile arrestare il dissanguamento. E anche se ci fosse riuscito, a che scopo? Quelli che guariva venivano rispediti in prima linea. Li rimetteva in piedi perché ammazzassero qualcuno o si facessero ammazzare – bell'impresa! In fin dei conti, anche lui lavorava al soldo di madre morte.

Sono il clown piazzato da Dio nel bel mezzo dell'Apocalisse, si diceva.

Ogni cosa intorno a lui mancava di senso logico.

Tanto per cominciare, era primavera ma sembrava inverno. La chiamavano Guerra Mondiale, ma in fondo era sempre la stessa merda. Una promettente generazione di austriaci – i migliori figli della Patria – era venuta fin quassù a farsi trucidare in nome di un futuro che, con molta probabilità, non avrebbe visto mai. Jacob Roumann vedeva arrivare ragazzi carichi di ormoni e di ideali e, dopo qualche settimana di trincea, gli sembravano dei vecchi impauriti e rancorosi. E biasimava anche gli italiani dall'altro lato del fronte. Male equipaggiati e senza alcuna preparazione bellica, erano mossi dal ricordo del loro Risorgimento. Spinti dall'esigenza di emulare i padri, i figli volevano ritagliarsi un ruolo nella Storia, senza intuire che, finita questa guerra, prima o poi ne sarebbe arrivata un'altra e la Storia stessa li avrebbe dimenticati.

E lui? Cosa ci faceva lì? Se lo chiedeva sempre più di frequente.

Quel 14 aprile compiva trentadue anni e si rendeva conto che, fra tutti i paradossi, il più clamoroso era proprio lui. Sono un ossimoro, si ripeteva.

Jacob Roumann, medico di guerra.

Nel delirio collettivo di uomini stremati dalla fatica e dalle sofferenze, il dottore si aspettava che qualcuno – almeno uno – recuperasse un po' di senno e, alzandosi da una trincea, si mettesse a urlare che tutto questo era semplicemente stupido. Forse allora l'incantesimo si sarebbe spezzato e tutti avrebbero compreso quella follia e se ne sarebbero tornati alle proprie città, dalle proprie famiglie.

Jacob Roumann, però, non aveva nessuno da cui tornare. Sua moglie l'aveva lasciato per un altro uomo. Gliel'aveva comunicato con una lettera di poche righe che gli era pervenuta solo da una settimana, anche se lei l'aveva scritta otto mesi prima. Otto mesi in cui lui aveva creduto di essere amato. Otto mesi passati a desiderare il letto nel suo appartamento, a Vienna. Le sue pantofole accanto alla porta d'ingresso. La sinfonia del silenzio diretta magistralmente dalla pendola del soggiorno mentre leggeva un libro. Perché se riesci a sopravvivere a una guerra, la ricompensa non è essere vivo ma poter tornare a casa.

Un colpo di obice partito dal versante dolomitico occupato dagli italiani risuonò fra le cime. Jacob Roumann si ridestò dai suoi pensieri: la breve tregua era finita. Di lì a qualche secondo, il loro esercito avrebbe risposto a quel primo sparo e la macchina bellica si sarebbe rimessa lentamente in moto. Erano scaramucce preliminari, in vista di un'altra notte senza sonno. Aveva letto da qualche parte che, per via della pressione a cui sono sottoposti, i soldati non sognano. Perciò l'unico modo per evadere dalla realtà è morire.

Jacob Roumann fissò il giovane che era appena spirato sotto le sue mani. Non voleva mai sapere i nomi, non lo interessavano. Tanto li avrebbe dimenticati, così come dimenticava i volti e i motivi per cui se n'erano andati.

Era altro che conservava di loro.

Prese dalla tasca un libriccino nero, un'agenda del 1916 con le pagine consumate e macchiate di sangue o di lubrificante per fucili. Le sfogliò fino a giungere al 14 aprile. Consultò l'orologio da taschino e con un lapis aggiunse un'altra voce a un elenco che riempiva quasi tutto il foglio.

Ore 20.07. Soldato semplice: «Appare».

Aveva appena terminato l'appunto, quando riconobbe il rumore inconfondibile degli scarponi del sergente. Era sicuro che fosse venuto a convocarlo per conto del maggiore.

«Dottore, seguitemi per favore», esordì senza neanche salutare. «C'è bisogno di voi.»

«Ah, sì? E a chi devo salvare la vita stavolta?» chiese Jacob Roumann, facendo cadere ironicamente lo sguardo sul giovane cadavere.

La risposta del sergente fu priva di sarcasmo. «A un nemico.»

3

Il maggiore lo accolse di spalle, mentre si sbarbava. L'attendente gli reggeva un pezzo di specchio davanti alla faccia. Il poveretto tremava per il freddo, ma cercava lo stesso di stare immobile per non indispettire il superiore.

Il maggiore disegnava col rasoio il profilo del pizzo e intanto sfidava il gelo in maniche di camicia. Aveva fatto sistemare le sue cose nell'angolo di trincea che fino a due giorni prima era stato occupato dal tenente colonnello, catturato dal nemico in un'imboscata. C'erano una branda, una piccola stufa e, come riparo, un tetto di assi di legno.

Il sergente e Jacob Roumann si fermarono sulla soglia del piccolo regno usurpato. Nessuno osava interrompere la toeletta dell'ufficiale che, al momento, era il più alto in grado.

Temendo un'ipotermia per eccesso di zelo gerarchico, il medico ruppe gli indugi. «Mi avete fatto chiamare, signor maggiore?»

Senza voltarsi, e senza nemmeno scostare il rasoio dal viso, il superiore finalmente parlò. «Sapete qual è la prima dote di un militare, dottore?»

Jacob Roumann resistette alla tentazione di alzare gli occhi al cielo, in segno di esasperazione. Perché ogni volta che doveva impartire un ordine – fosse anche quello di svuotare il bugliolo con i suoi escrementi –

il maggiore avvertiva il bisogno di premettere una specie di lezioncina morale? Non poteva arrivare subito al sodo? In guerra non si sprecava già abbastanza vita?

«No, signore: non so quale sia la prima dote di un militare.» Ma scommise con se stesso che l'altro avrebbe detto «la disciplina».

Il maggiore sembrò compiaciuto di poter fornire la risposta. «La prima dote è la disciplina.»

Ecco, appunto, si disse Jacob Roumann.

«E la disciplina la si chiede prima di tutto a se stessi. Altrimenti come può un buon comandante impartirla ai propri uomini? È per questo motivo che mi presento sempre alla truppa nel migliore dei modi. La cura della mia persona è essenziale. I miei stivali devono essere sempre lucidi, la mia divisa immacolata. E lo sapete perché?» Ma non gli lasciò il tempo di rispondere. «Perché, se usassi il pretesto delle condizioni avverse per lasciarmi andare, fiaccherei la volontà dei miei soldati.»

«Voi fornite un ottimo esempio. Grazie, signore.» Jacob Roumann si accorse troppo tardi che dalla sua voce era trasparsa una leggera nota di sarcasmo.

Il maggiore gli lanciò un'occhiataccia attraverso lo specchio. Il tono si fece severo. «Il nemico ci ha dato una dura lezione due giorni fa.»

Quella era una strana guerra, considerò Jacob Roumann. Sul fronte ad alta quota si combatteva solo in primavera e in estate. Ma avevano comunque trascorso l'inverno nelle trincee, in un'attesa logorante, pur di non perdere le posizioni conquistate. Gli austriaci controllavano le cime delle Dolomiti che gli italiani cercavano di conquistare, perciò combattevano con un vantaggio strategico. Ma il nemico non aveva atteso il cambio di stagione per riprendere le operazioni. Il 12 aprile, durante una tormenta di neve, inaspettatamente gli italiani avevano sferrato un attacco micidiale, cogliendo impreparate le loro difese. Erano incredibilmente motivati, si erano gettati a migliaia sulle loro linee nel tentativo di sfondare.

«Abbiamo perso gran parte del confine», ribadì il maggiore, come se ce ne fosse bisogno. «Ci resta solo questa posizione. L'ultimo baluardo dell'Austria è qui, sul monte Fumo.»

L'enfasi del superiore preludeva al cuore della questione. Presto Jacob Roumann avrebbe scoperto perché era stato convocato, e cos'era la storia a cui aveva accennato il sergente – il nemico al quale doveva salvare la vita.

Non immaginava che di lì a poco sarebbe cambiata la sua, di vita.

4

Quando il destino decide di deviare il corso della nostra esistenza non ci avverte – così avrebbe pensato negli anni a venire Jacob Roumann.

Il Fato non fornisce indizi.

Non ci sono avvisaglie oppure – per chi ha bisogno di una visione mistica – segni. Accade e basta. E quando succede, si verifica come una cesura. E per il resto della vita sarai costretto a una distinzione. Ciò che c'era prima di quel momento, e il dopo.

Ripensando a se stesso in quel frangente, a pochi minuti dall'evento che avrebbe cambiato tutto, Jacob Roumann avrebbe provato benevolenza – come quella che si nutre nei confronti dell'innocenza dei bambini. Ma anche nostalgia – perché, a differenza delle cose brutte, quelle belle capitano una volta sola, e poi ne rimane soltanto il rimpianto.

Il maggiore posò il rasoio e si passò un panno di lino sul viso. Mentre l'attendente l'aiutava a indossare la giacca, spiegò: «Stanotte abbiamo intercettato una pattuglia di alpini che si muoveva in avanscoperta sul versante sud. C'è stato un breve conflitto a fuoco, ma alla fine li abbiamo catturati. Sono in cinque».

«I miei complimenti, signore», lo assecondò il dottore, che cercava di capire quale fosse la sua parte in quella storia. «Ci sono feriti? Volete che li visiti prima che vengano mandati in un campo di prigionia?»

«È escluso. Abbiamo bisogno di inviare un segnale di forza agli italiani, e anche ai nostri uomini, per il morale. Perciò all'alba di domani i prigionieri saranno fucilati come spie.»

Jacob Roumann comprese e ne fu nauseato. Tentò di tenere a freno il proprio disgusto quando azzardò: «Desiderate che mi accerti delle loro condizioni in modo che arrivino con le loro gambe davanti al plotone d'esecuzione?»

«Smettetela, stanno benissimo», si alterò il maggiore.

Allora cosa diamine voleva da lui, si domandò Jacob Roumann.

«Abbiamo il sospetto che uno dei cinque sia un ufficiale: gli altri sembrano dipendere dai suoi ordini. Solo che non ne abbiamo la certezza, perché non ha i gradi sulla divisa.»

«Non capisco: volete carpirgli delle informazioni?»

«È un tipo ostico, non parlerebbe mai.»

Jacob Roumann era sicuro che il maggiore, invece, ci avesse provato a lungo ma senza esito. «Qual è il piano, allora?»

«Potremmo usarlo per uno scambio con qualche nostro ufficiale prigioniero degli italiani.»

«Vi riferite al signor tenente colonnello, immagino.» Il medico intravedeva la perfezione della strategia del maggiore: se fosse riuscito a liberarlo, avrebbe ottenuto in cambio un encomio o, magari, una promozione. «L'avete già proposto all'ufficiale italiano?»

«Certo! Ma lo stolto insiste ad affermare di essere un semplice soldato. Vuole il ruolo dell'eroe e farsi fucilare insieme ai suoi uomini.» Si concesse una pausa a effetto e puntò gli occhietti cattivi in quelli di Jacob

Roumann. «Per questo dovrete convincerlo a rivelarvi la sua identità.»

Finalmente, per il dottore fu tutto chiaro: gli stava proponendo un patto che prevedeva benefici anche per lui.

Il maggiore gli avvicinò il naso prominente alla faccia, in modo che il sergente e l'attendente non potessero udire l'appendice del discorso. «Per un uomo che si è fatto soffiare la moglie, e che per questo ha perso stima e rispetto, sarebbe onorevole poter tornare a Vienna con una medaglia... Si metterebbero a tacere tante brutte voci.»

Il tono mellifluo e l'insopportabile alito caldo del maggiore rendevano ancor più sgradevoli quelle parole. Jacob Roumann non lasciò trasparire nulla, come se il suo onore non fosse stato nemmeno scalfito. Si limitò a domandare: «Perché dovrei riuscirci proprio io?»

«Ho saputo che parlate la sua lingua, sbaglio?»

Ma Jacob Roumann non la bevve e ribadì: «Perché io?»

Il maggiore lo disse con una smorfia sprezzante, stavolta ad alta voce, perché lo udissero anche gli altri. «Perché voi non sembrate un soldato.»

5

Si era fatto consegnare dall'attendente la scatola di caffè che faceva parte della dotazione privata del maggiore. Era sicuro che il superiore non si sarebbe risentito, visto che aveva intenzione di servirsene per familiarizzare con il prigioniero. Si procurò un paio di tazze di metallo e un bricco che riempì di neve fresca. Poi un pezzo di lardo, del pane nero, alcuni biscotti all'anice – duri come pietre –, cartine e un astuccio di tabacco.

Mentre metteva insieme il piccolo tesoro, Jacob Roumann pensava a ciò che avrebbe detto all'italiano. Non aveva idee, solo qualche spunto. Ma per quanto all'inizio avesse accettato per non dare soddisfazione al maggiore che lo credeva un debole e un inetto, man mano si era convinto di voler riuscire nell'impresa. Non era per la medaglia, anche perché era sicuro che non avrebbe portato alcun giovamento alla sua reputazione di marito ripudiato – e di uomo dimezzato. C'era una ragione che gli premeva più di altre.

Voleva salvare una vita. Almeno una, in mezzo a tanta morte.

Posso curare un soldato, a volte guarirlo, si diceva Jacob Roumann. Ma con ciò avrò solo rimandato il suo destino, e forse abbreviato quello di qualcun altro. Non gli era mai stata offerta davvero l'opportunità d'impedire una morte. Il suo ruolo era stato quello di semplice esecutore degli ordini, il servitore di un disegno più grande e terribile, a cui non avrebbe potuto opporsi. Come l'operaio di una catena di montaggio che non sa realmente a quale fine sta contribuendo.

Invece adesso poteva cambiare le cose. Perlomeno *una* cosa. Quella.

Con una piccola speranza di riuscita, Jacob Roumann s'incamminò verso la grotta dove era detenuto l'italiano. Teneva fra le braccia gli oggetti che si era procurato. Le tazze di metallo tintinnavano fra loro e contro il bricco a ogni passo. Il dottore si sentiva stranamente euforico.

Avrebbe scoperto l'identità del prigioniero.

6

Una pesante tenda di colore verde copriva, mimetizzandolo, l'accesso alla grotta. Jacob Roumann, dopo essersi fatto riconoscere dai soldati di guardia, la scostò per accedere all'antro e la richiuse subito dietro di sé. Il vento protestò alle sue spalle, scuotendo la stoffa. La fiammella di una lampada a petrolio dondolò per qualche istante, proiettando ombre vacillanti tutt'intorno. C'erano un tavolo e un paio di sedie malandate. Casse di legno che contenevano componenti d'artiglieria pesante. Odore di umidità e paglia ammuffita. E silenzio.

Solo dopo qualche secondo, il dottore lo vide.

Il prigioniero se ne stava accovacciato per terra, in fondo alla caverna. Immobile, con la schiena addossata alla parete di roccia. La debole luce giallastra ne svelava a malapena le mani intrecciate davanti a sé e gli scarponi sporchi di fango. Tutto il resto, s'intuiva.

Per prima cosa, Jacob Roumann si liberò le braccia e posò sul tavolo i doni che aveva portato. «Buonasera», disse in perfetto italiano.

Il prigioniero non rispose.

Il dottore sorvolò e proseguì: «Immagino che avrete fame, ho portato un po' di roba da mangiare. C'è anche del caffè. E posso tranquillamente confessarvi che forse è il motivo principale per cui sono venuto a parlarvi: sono quasi due anni che non ne assaggio una tazza».

Il prigioniero non sembrava interessato. Jacob

Roumann non si era illuso, si aspettava tale resistenza. Si mise a sedere e, con grande pazienza, tolse la copertura alla lampada a petrolio e vi posò il bricco con la neve, per farla sciogliere al calore della fiammella. Quando l'acqua arrivò a ebollizione, aggiunse un paio di cucchiaini di caffè, mescolò il liquido e la polvere. Versò la bevanda nelle tazze, prese la propria e, tenendola con entrambe le mani, annusò l'aroma e se ne lasciò pervadere prima di bere. Poi allungò l'altra sul tavolo, in direzione del prigioniero.

«Il mio comandante mi disprezza. Penso che abbia scelto me perché sembro esattamente ciò che sono: un medico condotto prestato a una guerra. Forse per carenza di audacia, non sono in grado di capirla. Chissà. Credo che questo, nella mente del mio superiore – alquanto ordinaria e priva di slanci –, significhi che forse vi aprirete più facilmente se avrete l'impressione di non trovarvi di fronte un militare.» Nessuna reazione da parte dell'italiano. «E la cosa vi stupirà, ne sono certo, ma per quanto non stimi affatto il maggiore, spero davvero che abbia ragione. Perché, in tutta franchezza, non ne posso più di veder morire uomini di ogni tipo per una cosa tanto dappoco come questa.»

Jacob Roumann osservava il vapore che esalava dalla tazza del prigioniero, senza che lui si degnasse di toccarla. Avrebbe voluto vedere il volto nascosto nell'ombra, ma non riusciva nemmeno a udirne il respiro.

«Chi siete?» Non si attendeva certo una risposta. «Ve lo chiedo perché io sono la vostra ultima speranza. In quanto medico, il ruolo mi compete deontologicamente. Ma sono stanco di essere l'ultima speranza di tutti qui intorno. Dopo di me, rimane solo Dio. Riuscite a comprendere la mia responsabilità?»

Jacob Roumann si bloccò, perché gli era parso di scorgere un sorriso. Non riusciva a vederlo, questo no. Si era trattato forse di una specie di miraggio – non di luce ma di ombra. Sì, qualcosa aveva turbato per un istante la consistenza dell'oscurità che avvolgeva il capo del prigioniero. Una leggera increspatura. Fu un incentivo a proseguire.

«Il vostro nome in cambio della vostra vita, non mi sembra così irragionevole come baratto. In fondo, si tratta di rispondere a una semplice domanda.» Cercava di sembrare ironico, perché aveva capito che l'ironia poteva essere una chiave. «Voi tornerete dai vostri commilitoni e a me conferiranno una medaglia. Avanti, su... Non voglio ricordarmi di questo giorno in questo modo, ho già troppi brutti ricordi. Non vorrete morire proprio qui, in cima al monte Fumo. E oggi è perfino il mio compleanno.»

«Sono tre.»

La frase lo colse impreparato. Proprio non se lo aspettava. Il prigioniero aveva parlato. La voce, calda e perentoria, era emersa dall'oscurità.

«Cosa avete detto? Temo di non aver compreso bene.»

«Tre», ripeté il prigioniero. «Sono tre, le domande.»

«Perché proprio tre?» lo assecondò subito, come il pescatore che si affretta a cedere un po' di lenza perché teme di perdere il pesce che ha appena abboccato.

«Perché senza le altre due, quella che vi interessa non avrebbe senso.»

Jacob Roumann non capì dove volesse andare a parare. «Se il motivo è questo, rimediamo subito! Ditemi quali sono le domande che devo porvi, e io ve le farò.»

«Vedo che avete portato del tabacco.»

Jacob Roumann abbassò lo sguardo sull'astuccio e le cartine che erano sul tavolo, accanto al suo gomito.

«Ecco cosa faremo. Faremo un patto», disse il prigioniero. «Voi mi preparerete da fumare e io vi dirò tutto. Siete disposto ad ascoltare una storia, vero?»

Jacob Roumann non riuscì a intuire se si trattasse o meno di un inganno, ma era convinto che l'italiano tramasse qualcosa. Intanto aprì l'astuccio col tabacco – vista la penuria dei tempi, era mischiato con la segatura – e iniziò a manipolarlo per riempire una cartina.

«Il vostro ascolto è una condizione imprescindibile», proseguì il prigioniero. «Allora, ci state?»

«Ascolterò la vostra storia. Ma alla fine avrò la mia risposta?»

«L'avrete.»

«Mi date la vostra parola?»

«Vi do la mia parola.»

Jacob Roumann si alzò e si avvicinò all'italiano porgendogli una sigaretta insieme a una scatola di fiammiferi. Questi allungò una mano per raccogliere quel dono e fu come se l'accordo fosse stato suggellato da una stretta solenne. Quindi sfregò uno dei fiammiferi sulla parete di roccia che aveva accanto e se lo portò alle labbra, proteggendo la preziosa fiamma con il palmo. Jacob Roumann vide parte del suo volto apparire in una corolla gialla. La barba lunga, le rughe intorno agli occhi, il profilo di un naso aquilino – nient'altro.

«Questa storia comincia con un fiammifero», disse l'italiano. «È breve e fragile, la vita di un fiammifero, come quella di tutti noi.» Soffiò sulla fiamma e il suo volto si dissolse in un rivolo di fumo. «Uno spirito nero sale in cielo e svanisce in un odore dolciastro. Il ricordo vive ancora per qualche minuto, dentro il tabacco.»

Jacob Roumann tornò a sedersi al tavolo. «Quali sono le tre domande?»

«Chi è Guzman? Chi sono io? E chi era l'uomo che fumava sul *Titanic*?»

7

Dunque, dal principio. Chi è Guzman?

Ci sono uomini che sanno fare delle cose. Ad esempio, un uomo, a Noel, sapeva tenere un bastone in equilibrio sulla punta del naso. I figli dei pescatori del Volga imparano prima a nuotare che a parlare. Garko Vargas sapeva schivare bene i coltelli. Tutte le mogli di Garko Vargas sapevano tirarli bene, i coltelli.

Guardandoli, quegli uomini, ti chiedi solo da dove provenga il loro talento. E perché loro ce l'abbiano e tu no.

Guzman sapeva fare una cosa.
Fumare.
I ricordi che ho di lui me lo raffigurano sempre così: le mani gialle, gli occhi vispi, mentre mastica e morde sigari aromatizzati, confezionati con precisione da dita sottili, umidi di olio, avidi di fuoco, che borbottano pigri tra i suoi denti serrati facendolo sembrare una locomotiva a vapore.

Oppure fuma tabacco di ghisa, arrotolato con cura in carta da zucchero che sembra seta, che brucia come polvere da sparo.

O aspira da lunghe e magrissime sigarette d'avorio – donne androgine, senza forme. A volte le ho viste in bilico sulle sue labbra, nobili e fiere nella morte lenta di una piccola brace.

Ma non era tanto il fumare. Era ciò che stava intorno a quell'atto a renderlo speciale. Racchiuso in quel gesto c'era un sentimento. Un brivido elettrico che coinvolgeva i sensi – tutti quanti. Perché tutto ciò che Guzman fumava aveva una storia. E durante quell'atto lui la riviveva, la ripeteva e, a volte, la raccontava. Lui assaggiava le emozioni, e si emozionava.

« Cos'è quest'affare delle storie? » domandò insistente Jacob Roumann.
« Un attimo, ci sto arrivando », rispose il prigioniero.

8

Aveva dodici anni Guzman quando sua madre decise di trapiantarlo a Marsiglia. Inseguivano suo padre.

Quand'erano giovani, lui l'aveva corteggiata per quasi un decennio. Ma lei non ne voleva sapere e continuava a respingerlo. Non le piaceva il suo aspetto. Non le piacevano i suoi modi. Non le piaceva il colore dei suoi occhi – può sembrare un'inezia, ma per alcuni è di vitale importanza il colore di uno sguardo.

Sarà con quegli occhi che *ti* guarderai per il resto della tua vita, gli ripeteva sempre sua madre. Gli occhi di chi amiamo ci fanno da specchio.

Per convincerla che lui fosse l'uomo del suo destino, il padre di Guzman le provò tutte. Ogni giorno le mandava una rosa. Le scriveva lettere lunghissime, piene di elogi. Commissionava versi ai poeti per lei. Ma nessun gesto romantico riusciva a farle cambiare opinione. Finché lui non fece l'unica cosa che non aveva tentato.

Smettere.

Un bel giorno, la solita rosa non arrivò. Quella settimana il postino non recapitò alcuna lettera. Le poesie che parlavano di lei le sembrarono di colpo riferite a qualcun'altra.

La madre di Guzman cominciò a domandarsi il motivo della strana resa, e a soffrirne. Improvvisamente orfana di quel molesto romanticismo, si accorse che ormai lui era entrato nella routine delle sue giornate, costringendola ad affezionarsi silenziosamente. D'un tratto il colore dei suoi occhi non aveva più importanza, la ragazza scoprì di non riuscire più a farne a meno.

La tenacia alla lunga aveva portato i suoi frutti. E alla fine, lei accettò perfino di sposarlo e di fare un figlio.

Quando lui se ne andò di casa – senza una parola, un giorno di febbraio –, lei giurò a Guzman che l'avrebbe ritrovato e ricondotto indietro.

Era una donna minuta e caparbia.

Così cominciarono a inseguirlo. Lo trovarono quasi subito, a Torino, ma appena seppe che moglie e figlio erano in città non esitò a scappare. Lo rintracciarono, ma solo per qualche ora, a Bruxelles. Lo mancarono per un pelo a Francoforte. A Londra si può dire che lo sfiorarono. E così per mezza Europa.

In tutti i domicili abbandonati in gran fretta dal marito, la madre di Guzman trovava l'indizio di una presenza femminile. Una volta era un foulard. Un'altra, una boccetta di profumo vuota. Un abito da sera in un armadio. Rossetto su una federa.

L'ossessione, generata in lei dall'idea di non poter sapere che aspetto avesse la donna che le era stata preferita, era più potente della rabbia per essere stata abbandonata.

Col tempo, lui diventò sempre più abile a far perdere le proprie tracce. Ma, di conseguenza, anche la madre di Guzman imparò a tallonarlo. Come il cacciatore che viene istruito dalla sua stessa preda, ormai lei era capace di prevedere le sue mosse.

Ogni volta si stabilivano in una nuova città, cercavano una casa e iniziava la ricerca. La donna era brava a raccogliere informazioni, aveva acquisito un metodo. E

Guzman veniva iscritto a una nuova scuola, faceva nuove conoscenze. Ma non durava molto. Un mese o due e poi tutto ricominciava.

All'inizio della caccia all'uomo, quando Guzman aveva sette o otto anni, capiva ben poco di ciò che stava realmente accadendo. In verità, allora gli sembrava una specie di gioco. Credeva che fosse fantastico modificare casa, amici, città da un giorno all'altro. Non si sentiva diverso dagli altri bambini. Eppure lo era.

Ma a Marsiglia le cose sarebbero cambiate.

9

Arrivarono in città perché le ultime notizie sul fuggiasco lo volevano stanziale nel Sud della Francia. Come ho già detto, all'epoca Guzman aveva dodici anni. Un'età strana, fatta di misteriose pulsioni, indecifrabili istinti, curiosità inappagate. Cose che, di solito, richiedono la presenza, quanto meno, di una figura paterna. L'oggetto del suo interesse era sempre lo stesso – bizzarro come fino a qualche tempo prima non immaginasse nemmeno che l'argomento potesse attrarlo tanto.

Le donne.

L'amante di suo padre, l'avversaria che sua madre aveva rimesso insieme come un mosaico con i souvenir raccolti in giro per l'Europa, poteva essere una valida fonte di risposte per il giovane Guzman. Ma da quei cimeli di femmina, a parte qualche nozione sull'evoluzione dell'*haute couture*, non riuscì a ricavare granché.

La giusta ispirazione arrivò inattesa il giorno in cui scoprì l'antro nebbioso di Madame Li.

In un pomeriggio di primavera, il giovane Guzman, privo di mansioni, si trovava a bighellonare lungo il viale della Canebière, in direzione del vecchio porto. Gli piaceva andare a spasso senza far niente. In testa aveva una moltitudine di pensieri ma, come capita a quell'età, ancora non sapeva cosa farsene.

Le fabbriche di sapone vomitavano in cielo fumi che il vento esportava in quella parte di città. L'aria aveva un odore intenso. Si stava addensando un temporale. La pioggia iniziò a cadere mentre da un lato del cielo trionfava ancora il sole. Le gocce erano calde e pesanti. Guzman allungò il palmo e scoprì che erano pure vischiose. Pensò che fosse per effetto delle esalazioni delle fabbriche di sapone – olio di copra o di palma insieme alla soda, mischiati con l'acqua piovana. Ben presto la strada si ricoprì di una patina di schiuma. Succedeva anche questo, a volte, a Marsiglia. E mentre i carri trainati dai cavalli slittavano e qualche passante finiva col sedere per terra, Guzman, spinto da temerarietà adolescenziale, decise che non si sarebbe fatto sfuggire una simile occasione. Si sfilò le scarpe, calcolò la rincorsa e stava per lanciarsi... quando si alzò anche il vento. Uno scirocco rovente. Le folate aprivano un varco nella coltre di pioggia. Guzman si bloccò e vide passare sulla sua testa uno spirito bianco, che aleggiava gonfiato dalla corrente d'aria.

Un fantasma di pizzo. Mutande da donna.

Ipnotizzato da quel richiamo, decise di seguirlo. Lasciò la via larga per i vicoli, attento a non perdere di vista la preziosa guida, sicuro che l'invito fosse rivolto soltanto a lui. Finché, in un cortile chiuso, più o meno a una decina di metri da dove si trovava, l'indumento fu artigliato da un bastone. Guzman si precipitò ad arrampicarsi sul muro di cinta e guardò dall'altra parte.

La corte era una ragnatela di pali e corde tese, che sostenevano una sfilata di panni messi ad asciugare sul retro di una lavanderia. Una donna filiforme, vestita di seta rossa, con i capelli nerissimi raccolti in uno chignon, teneva fra le mani il bastone e l'indumento intimo che Guzman aveva scortato fin lì. Si voltò, come se sapesse che il ragazzino si trovava alle sue spalle. Era cinese.

«Alle mutande piace scappare», disse. «Ma tanto tornano. Tornano sempre.»

Guzman, incerto su cosa replicare, annuì.

«Le camicie sono più educate. Le ghette, troppo timide. I colletti inamidati, troppo pigri», aggiunse la donna. Il tono di voce era chiaro, ma ogni tanto precipitava in una specie di abisso, diventando inaspettatamente profondo. Come fossero due voci insieme. Una maschile, l'altra femminile.

Il giovane Guzman si soffermò sull'ovale del volto della bellissima orientale. La pioggia scalfiva appena il pesante strato di trucco che lo ricopriva. Gli occhi, le labbra, gli zigomi, sembravano dipinti. Ma sotto s'intuiva un'ombra scura di peluria.

«Allora, lo vuoi un lavoro da garzone?» gli propose Madame Li, l'ermafrodito più famoso di Marsiglia.

10

La lavanderia di Madame Li – un singolare inferno di vapore odoroso non di zolfo ma di vaniglina – era la più frequentata della città. I ricchi marsigliesi erano contenti che fosse un ermafrodito a occuparsi delle prove delle loro più inconfessabili impudicizie. Uomini e donne potevano inconsciamente contare sulla sua solidarietà: poiché lei apparteneva a entrambi i generi, non temevano di essere giudicati. I loro panni sporchi erano in buone mani.

Si narrava che la strana creatura fosse nata in un villaggio di contadini, in una zona remota della Cina. Per il lavoro nei campi servivano braccia maschili, perciò era accettata consuetudine che le figlie femmine spesso fossero soppresse al momento della nascita – di solito annegate in un catino dalla stessa levatrice. Ma i genitori di Madame Li, trovandosi davanti quello scherzo di natura, non seppero cosa fare. Il dubbio fu sufficiente a salvarle la vita.

Si diceva che a portarla in Europa fosse stato un mercante belga di agrumi per profumi, che la scovò per caso mentre era di passaggio da quelle parti. Aveva tredici anni e non fu difficile convincere suo padre – che la percepiva come un enigma punitivo – a venderla.

Si raccontava che il mercante belga l'avesse fatta diventare l'attrazione principale di un cabaret molto in voga a Parigi. Inoltre si malignava che a condurla a

Marsiglia fosse stato l'amore parallelo e consenziente per un magistrato e per sua moglie. Madame Li si divideva perfettamente in quel ménage, perché ciò era nella sua natura. Ma i due amanti, dapprincipio intrigati dal gioco ambiguo, avevano iniziato a desiderare un'impossibile esclusiva. Siccome nessuno dei due poteva rivendicare quel magnifico essere molteplice solo per sé, avevano finito per diventare nemici. Alla fine, i due coniugi si erano assassinati a vicenda.

Ma, come ho detto, si trattava perlopiù di voci dovute all'abitudine della gente di attribuire agli altri le proprie perversioni.

Invece credo di poter affermare con certezza che quella fu l'unica volta nella sua vita in cui Guzman lavorò. A compensarlo non erano i pochi spiccioli che riceveva come mancia ogni volta che recapitava un pacco di biancheria pulita al domicilio di un cliente, ma la possibilità di entrare in contatto con la lingerie.

Gli indumenti intimi femminili erano un universo di odori inconfessabili, selvatici, in cui far vagare l'immaginazione, chiudendo gli occhi. Aveva accesso alla componente animale dell'umano. E poteva sbizzarrire la sua fantasia adolescenziale, immaginando amplessi e coccole segrete.

Sperimentava l'oscuro piacere di peccare con l'olfatto.

Guzman era talmente integrato – e lieto – in quella nuova realtà, da temere che sua madre decidesse di trascinarlo via un'altra volta per proseguire quella specie di caccia grossa che era diventata la loro esistenza. Per il momento, Marsiglia era ancora l'ultimo posto in cui suo padre fosse stato avvistato, e ciò lo rendeva tranquillo.

Ma la serenità crollò il giorno in cui Madame Li gli

piazzò un involto di carta velina fra le braccia. Conteneva un abito da sera di seta cruda. Doveva recapitarlo a un uomo di mezz'età di cui conosceva fin troppo bene il nome anche se, praticamente, non ricordava più come fosse fatto.

Portando quel fardello per le strade di Marsiglia – e un altro, ben più pesante, dentro al cuore –, Guzman si recò all'indirizzo indicato. In tutti gli anni al seguito della folle impresa di sua madre, non aveva mai avuto realmente interesse a sapere dove fosse suo padre. A lei questo non l'aveva mai confessato, perché temeva che ci rimanesse male. Si era limitato ad assecondarla.

Adesso però aveva scoperto l'unica cosa che non avrebbe mai voluto scoprire. Il luogo in cui si nascondevano l'uomo grazie al quale era nato e la sua amante.

11

Mentre si recava all'Estaco, il quartiere degli artisti a nord della città, Guzman pensava a una possibile via d'uscita. Magari verrà lei ad aprirmi, si diceva. Le consegno il pacco e giro i tacchi. E se appare lui, non mi riconoscerà. Impossibile, sono passati troppi anni e io ero così piccolo. Sicuramente non capirà chi sono, ritirerò la mancia e poi sarà come se non fosse successo niente. Ognuno per la propria strada.

Arrivò nei pressi di una palazzina di due piani, che aveva insoliti richiami moreschi sulla facciata. Salì fino al secondo pianerottolo e bussò a una porta verde. Venne ad aprirgli un uomo con i capelli grigi, la barba incolta e con indosso una giacca da camera. Fumava.

Appena vide Guzman, si bloccò. Aveva impiegato meno di un istante a riconoscerlo. Rimasero così, impalati sulla soglia per quasi trenta secondi. Poi l'adulto parlò. «Su, vieni avanti ragazzo.»

Guzman accettò l'invito e si ritrovò in un appartamentino di due stanze. Imperversava il disordine. C'era una stufa a carbone su cui sobbolliva un pentolino di stagno in cui era immerso un uovo. In un angolo, accanto al letto disfatto, c'erano i servizi igienici, consistenti in un pitale e in una brocca di latta smaltata. C'erano portacenere colmi di mozziconi e vestiti sparsi ovunque.

L'uomo lo superò e andò a liberare un paio di sedie dai libri che vi erano appoggiati. «Accomodati.»

Guzman, sempre in silenzio e tenendo ancora il pacco di carta velina fra le braccia, si sedette di fronte a suo padre.

«Sei grande. Quanti anni hai?»

«Dodici», rispose, senza lasciar trasparire alcuna empatia.

«Bene», sentenziò l'uomo, non sapendo come proseguire. Poi appoggiò entrambe le mani sulle ginocchia e per un attimo rimase a contemplare il vuoto. «Vedi, tua madre... A te potrà anche essere sembrato crudele ciò che le ho fatto, invece io le ho salvato la vita.»

Entrando e guardandosi intorno, Guzman aveva capito subito una cosa. Non c'era un'altra donna nell'esistenza di suo padre. Non c'era mai stata.

«Pensaci: tua madre non è mai invecchiata. Non gliel'ho permesso. Ha dovuto competere con una femmina immaginaria che era sempre più bella e più giovane di lei. Per tenersi al passo, è stata costretta a migliorare se stessa ogni giorno, a non lasciarsi andare come invece fanno quelli che hanno raggiunto lo scopo.»

«Quale scopo?»

«Possedere un'altra persona.»

Guzman, però, non riusciva ancora a cogliere il significato del discorso.

«Vedi figliolo, ho amato tua madre sin dal primo istante, l'ho voluta più di ogni altra cosa al mondo. Poi lei ha capitolato e ci siamo sposati, promettendoci amore eterno.» Rise. «Ma ci pensi, che follia? Come se l'amore si potesse promettere, il tutto con l'aggravante dell'infinito.» Tornò serio e lo fissò. «Io la possedevo e lei possedeva me. Ma questo non vuol dire che ci appartenessimo. Anzi, era l'opposto. Con le nozze ci eravamo solo accordati sulla reciproca proprietà. Per questo sono scappato. Le ho fornito un motivo per volermi ancora. E a me per volerla.» Preso dalla foga, continuò: «All'inizio della nostra storia, ero io che davo la caccia a lei. Poi è arrivato il matrimonio e ci siamo fermati. E quella sosta non aveva ragione. Ma poi ho rimesso le cose com'erano, e adesso è lei che dà la caccia a me». Fece una pausa. «È faticoso sfuggire all'amore. Almeno quanto lo è inseguirlo.»

In effetti, la prima impressione che Guzman aveva avuto guardando suo padre era che fosse stanco.

L'esistenza miserevole a cui si era ridotto adesso aveva una spiegazione. Quell'uomo aveva scelto d'impoverirsi pur di salvare ciò in cui credeva. Gli abiti alla moda, i belletti e i costosi profumi con cui viziava la sua finta amante erano l'unico modo per alimentare l'illusione. Perché l'apparenza era la sola cosa che gli restava.

L'uomo mise una mano sulla spalla di Guzman. «Il desiderio è il solo motivo per cui andiamo avanti in mezzo a tanto orrore. Tutti abbiamo bisogno di una passione, o di un'ossessione. Cerca la tua. Desiderala fortemente, e fa' della tua vita la ragione stessa per cui vivi.»

Quell'inaspettata lezione spiazzò Guzman. Era come se suo padre l'avesse preparata da tempo. Come se lo stesse aspettando. E quest'idea leniva parecchio la ferita dell'abbandono.

«Come faccio a sapere se la mia ossessione o la mia passione è quella giusta?» chiese allora al genitore il giovane Guzman.

«Perché se la racconti a qualcuno e questi la trova interessante, allora saprai che non hai vissuto invano. Ricorda, figliolo: sono le storie a dare sapore alle cose.»

L'uomo a quel punto si alzò e, voltandogli le spalle,

andò a trafficare nel cassetto di una specchiera. Quando tornò a girarsi verso di lui, impugnava una spilla da balia su cui era infilzato un mozzicone di sigaretta, troppo corto per tenerlo fra due dita e, contemporaneamente, aspirare. «Hai mai fumato?» gli chiese.

Guzman scosse il capo.

Il padre andò a sedersi accanto a lui e, con un acciarino, si apprestò a dare fuoco alla punta già annerita del mozzicone. Ma prima di farlo, spiegò: «Marsiglia è stata fondata da marinai greci, lo sapevi? Ebbene, l'ultima discendente di quell'antica stirpe abita al porto vecchio ed è una puttana con una gamba sola, il suo nome è Afroditi...» Sollevò gli occhi al cielo. «Vedessi quant'è bella, e quanto gli uomini la vogliono. Dovrebbero fuggire inorriditi per la sua menomazione, ma proprio grazie a essa Afroditi ha dovuto imparare a diventare la migliore amante che abbiano mai avuto.» Sorrise, poi attivò la fiamma e arroventò la punta di carta. «Questo mozzicone viene da un posacenere di casa sua. Coraggio, dimmi di che sa...»

Il giovane Guzman prese la spilla da balia e, reggendola con due dita, si portò la sigaretta alle labbra. Aspirò. Tossì forte, poiché non era abituato.

«Ancora una volta», lo esortò il padre.

E lui ripeté il gesto, stavolta socchiudendo gli occhi. Improvvisamente, gli tornarono alla memoria tutti gli effluvi di biancheria femminile che aveva annusato nella lavanderia di Madame Li. Gli odori adesso avevano anche un sapore, perché quel tabacco sapeva di donna, di lussuria e di bordello.

«Sa... di lei.»

Guzman aveva sgranato gli occhi come davanti a

una rivelazione. Il padre non riuscì a trattenere una risata. Lui ci stava quasi rimanendo male.

«Non ti sto prendendo in giro», lo rassicurò. «Era il solo modo che avevo per spiegarti. Quel mozzicone viene dal molo. L'aveva gettato via un marinaio appena sbarcato da un peschereccio. Ma è bastato che ti raccontassi la storia di Afroditi perché assumesse il sapore speciale che il tuo cuore aveva scelto di attribuirgli. È il cuore che comanda i sensi, figlio mio.» Il padre lo accarezzò. «Adesso che conosci la verità, assaggiala di nuovo e dimmi di che sa.»

Guzman lo fece.

«Sa di pesce.»

Jacob Roumann si ritrovò a osservare la sigaretta che stringeva fra le dita. Aveva dimenticato che fosse fatta di tabacco misto a segatura.

Dall'ombra, al prigioniero scappò una risata. «Bene, dottore: vedo che cominciate a comprendere.» Poi il suo tono si fece allettante. «Scommetto che adesso volete sapere il seguito...»

12

Erano da poco passate le dieci di sera quando Jacob Roumann scoprì che il caffè era terminato. L'aveva bevuto tutto lui, mentre il prigioniero si era limitato a fumare. Contò cinque sigarette a testa.

«Inutile dire che la prima volta che Guzman fumò fu anche l'ultima in cui vide suo padre.»

«Significa che i suoi genitori non si ritrovarono mai?» chiese il dottore, sull'orlo della delusione.

«Non lo so. Questa è l'ultima informazione che Guzman forniva quando raccontava la storia. Come per ogni altra, aveva l'abilità di farla terminare nel momento stesso in cui si esauriva la brace di ciò che stava fumando.»

Jacob Roumann rimase interdetto. Per un attimo la razionalità prese il sopravvento, e la sensazione non gli piacque. «La pazzesca ossessione di sua madre, la pioggia di sapone a Marsiglia, Madame Li, un padre fuggitivo: non vi sembra tutto un po' troppo azzardato?»

«È proprio questo il bello. Quando raccontava le sue storie, Guzman si muoveva su un confine esilissimo. Non sapevi mai dove terminava la verità e cominciava la leggenda. Potevi metterti a setacciare, frase per frase, parola per parola, per ricavare un resoconto attendibile ma, in fin dei conti, poco stimolante. Oppure accettare tutto in blocco, così come veniva. Potevi accontentarti di essere uno scettico spettatore, che per mero orgoglio non ammette di essere rimasto affascinato. Oppure abbandonarti alla storia col cuore di un bambino, entrando così a farne parte.»

La prospettiva consolò Jacob Roumann dalla propria razionalità. Lui apparteneva sicuramente alla seconda categoria.

«Ricordo il mio amico Guzman intento ad assaggiare le cicche trovate sul molo, infilzate su una spilla da balia, povere e forti, dal sapore di altre bocche, brevi e intense. Diceva che gli ricordavano suo padre.»

Jacob Roumann voleva saperne di più. Improvvisamente era montata in lui una curiosità inspiegabile. In fondo, non poteva ancora rispondere a nessuna delle tre domande con cui era iniziato quel racconto – *Chi è Guzman? Chi sono io? E chi era l'uomo che fumava sul* Titanic?

Specie l'ultima lo appassionava. Controllò l'astuccio col tabacco – presto sarebbero rimasti senza. In quella situazione, la possibilità di fumare sembrava una condizione essenziale al prosieguo della storia. Aveva l'impressione che fosse proprio il tabacco a fornire, oltre alla giusta atmosfera, soprattutto energia al meccanismo della narrazione.

Decise di congedarsi per procurarne dell'altro, ma fu preceduto dall'ingresso del sergente che pronunciò la sua frase di rito: «Dottore, c'è bisogno di voi». Stavolta, però, il tono era greve.

Nella sua esperienza di medico, Jacob Roumann aveva imparato a riconoscere quell'inflessione nella voce, così come sapeva individuare un'aritmia cardiaca dalla cadenza di un respiro. Perciò si alzò e seguì il sergente senza fare domande.

13

Si trattava di un sottufficiale. Non era una sorpresa, Jacob Roumann se l'aspettava da un giorno all'altro ormai. Non il campo di battaglia stavolta, bensì la polmonite.

Era riuscito a mantenerlo in vita con impacchi caldi sulla schiena e sul torace, e suffumigi di olio di canfora. Ma sapeva che erano solo palliativi. Ultimamente il paziente era peggiorato, respirare si era fatto sempre più faticoso.

Il dottore gli posò una mano sulla fronte, con delicatezza, come se bastasse una semplice pressione a farlo andare in frantumi. Scottava. La febbre lo stava consumando in fretta, come fuoco sotto la paglia.

«Sta morendo», sentenziò il sergente, che era fra coloro che non si accontentano della semplice impressione, ma hanno bisogno di dare alla realtà consistenza di parole.

Jacob Roumann non rispose. Invece, si domandò, in cuor suo, se quel ragazzo fosse pronto ad andarsene. Se, come gli aveva detto il prigioniero riferendo le parole che Guzman aveva sentito dal padre, aveva *fatto della sua vita la ragione stessa per cui vivere*.

Il sottufficiale era ricoverato in una zona appartata della trincea. La motivazione dell'isolamento, comunemente accettata dai commilitoni, era che a ridosso del terrapieno avrebbe trovato maggiore riparo dal vento che sferzava la montagna. Ma Jacob Roumann, come tutti d'altronde, sapeva che si trattava solo di una scusa. In realtà, nessuno tollera la vista di un moribondo se la fine avviene per mano di un nemico a cui non si può semplicemente sparare – un morbo o una malattia. È uno scontro impari.

Il respiro affannoso dell'infermo nascondeva il rantolo che avrebbe scandito i suoi ultimi minuti sulla terra.

In quel momento, sopraggiunse il maggiore. Scortato dal suo attendente, con il solito piglio marziale, incurante del soldato che stava morendo, si rivolse al medico di guerra. «Avete trascorso più di due ore nella grotta insieme al prigioniero, quindi sono stato bravo a immaginare che con voi si sarebbe deciso a parlare», disse con esagerata vanagloria.

«In effetti, abbiamo aperto un dialogo, ma non so dove ci porterà», ammise Jacob Roumann, senza contrariarlo.

«Non perdetevi in chiacchiere inutili, dottore», lo redarguì. «Non c'è tempo per le frivolezze.»

«C'è, invece. Fino all'alba, o sbaglio? Il termine non era quello? E voi non mi avete dato altre scadenze.» S'impuntò, come non aveva mai fatto prima. Anche perché adesso che aveva aperto uno spiraglio nell'ostinazione del prigioniero, sentiva di potersi permettere un nuovo atteggiamento nei confronti del superiore. Almeno fino all'indomani. Perché, in verità, Jacob Roumann non era sicuro che sarebbe riuscito nell'intento di far confessare nome e grado all'italiano. Aveva la sua parola, certo. Ma era costretto anche a chiedersi perché il prigioniero avesse scelto proprio lui per raccontare la sua storia.

«Allora fatelo parlare», ribadì il maggiore. «Ne siete

direttamente responsabile», minacciò. «Se dovessi scoprire che state socializzando col nemico, io...»

Il moribondo lo interruppe dicendo qualcosa. Tutti lo fissarono ma nessuno aveva capito. Il maggiore stava per riprendere il discorso.

«Aspettate», gli intimò Jacob Roumann. L'altro parve indispettirsi per quell'ordine, ma il medico non se ne curò e si chinò sul paziente, appoggiando l'orecchio quasi alle sue labbra.

«Una coperta di lana», ripeté con un filo di voce.

Il dottore fece cenno al sergente, che provvide ad aggiungerne un'altra alla pesante pila che già lo ricopriva. Il sottufficiale non fece neanche segno di rendersene conto. I suoi occhi azzurri erano pieni di compassione per il mondo che lasciava. La vita stava perdendo un altro testimone, e sembrava che ciò addolorasse il moribondo più che la sua stessa morte. Contò il proprio ultimo secondo, poi spirò.

Jacob Roumann gli chiuse gli occhi con la solita carezza, gentilmente. Poi si rivolse al superiore. «Possedete una tabacchiera?»

Il maggiore sembrava scandalizzato dalla domanda. «Certamente, ma a voi che importa?»

Il dottore allungò il palmo. «Dovete consegnarmela, fa tutto parte della strategia.»

«Che strategia?»

«Caro maggiore, domattina avrete ben altro che un nome e un grado.» Nel momento in cui pronunciò la menzogna, Jacob Roumann capì che, in fondo, non gli importava delle conseguenze.

Il maggiore lo squadrò in tralice, poi trasse dalla tasca interna della giubba una tabacchiera d'avorio e la consegnò al dottore. «Verrete a riferirmi gli sviluppi fra un'ora.»

Jacob Roumann provò ad accennare una protesta.

Il maggiore lo gelò. «È un ordine.» Gli voltò le spalle e se ne andò, seguito a ruota dall'attendente e dal sergente.

Rimasto solo col giovane cadavere, il dottore si infilò in tasca la tabacchiera e prese la sua agenda del 1916 dalla copertina nera. Aprendola, scivolò per terra qualcosa che era conservato fra le pagine. Un fiore di carta. Jacob Roumann lo raccolse e, noncurante, lo rimise nel libretto. Rilesse l'ultimo appunto della lista del giorno 14 aprile.

Ore 20.07. Soldato semplice: «Appare».

Quindi consultò l'orologio da taschino e aggiunse un'altra voce, subito sotto.

Ore 22.27. Sottufficiale: «Una coperta di lana».

Jacob Roumann soppesò le parole. Poi annuì, soddisfatto. Aveva un senso.

14

Tornò dal prigioniero con una strana eccitazione che gli montava dentro. La guerra ha un vantaggio, pensò. Ci fa apprezzare le piccole cose. Com'era accaduto una ventina di giorni prima, quando un'aquila si era levata sopra le trincee, accarezzando con la sua ombra i volti dei soldati che avevano alzato lo sguardo al cielo. Per un momento il tempo si era fermato e tutti avevano ammirato nel più assoluto silenzio le evoluzioni del magnifico animale – incurante dei miseri uomini sotto di sé e della loro inutile guerra. Per pochi minuti, i cuori si erano riempiti di un'emozione diversa. Non c'era invidia per quel volo libero, né rimpianto. Solo gioia.

Così, per Jacob Roumann la storia del prigioniero era una specie di passaggio segreto verso una realtà differente. Un modo per evadere da quella trincea, dalla guerra.

Giunto nella caverna, lo trovò dove l'aveva lasciato, seduto per terra. Ma nel frattempo l'italiano si era assopito. Jacob Roumann decise di non svegliarlo, anche se moriva dalla voglia di ascoltare il seguito di quell'avventura. Si mise al tavolo e aprì la tabacchiera d'avorio del maggiore. Dal trinciato morbido e marrone esalò subito un profumo oleoso, denso. Iniziò a confezionare nuove sigarette con l'intenzione di farne scorta per la lunga nottata.

«La carta non deve contenere paglia», esordì inaspettatamente il prigioniero. «Semmai, fibre di cotone. Meglio se è carta di riso. E il tabacco non va manipolato, va massaggiato coi polpastrelli. Ma per mezzo minuto», disse. E puntualizzò: «Mezzo minuto esatto».

«Spiegatemi, vi prego», lo esortò Jacob Roumann.

«Il fiammifero dovrebbe essere di palissandro, non a caso lo chiamano 'legno di rosa' per il suo profumo. La testa non deve contenere zolfo, che ha un cattivo odore, ma fosforo bianco, così che si spenga in una nuvola di dolcezza.»

Jacob Roumann ascoltava, incantato, i piccoli dettami di un pigro piacere.

«La prima tirata non bisogna aspirarla, serve per insaporire la bocca. E bisogna espirarla dal naso, per preparare tutte le vie aeree ad accogliere il fumo.»

«È stato Guzman a insegnarvelo?»

«Quella che per gli altri era solo una distrazione, un vizio, lui l'aveva resa un'arte. Il suo fumare era una liturgia, con le sue regole, i suoi significati. Sceglieva con cura ciò che avrebbe fumato. Poi lo preparava in un rituale di piccoli e pazienti gesti, apparecchiando l'occorrente.» Il prigioniero tese la mano, per chiedere un'altra sigaretta.

Jacob Roumann lo accontentò. «Parlatemi ancora di lui.»

«Come vi ho già detto, Guzman ha trascorso l'infanzia assecondando i folli spostamenti di sua madre. Ancora non lo sapeva, ma quel peregrinare gli era entrato nel sangue. Non riusciva a stare fermo in un posto, non sapeva cosa volesse dire mettere radici. Di conseguenza, anche la sua passione – o ossessione – veniva condizionata.» Il prigioniero accese la sigaretta e aspirò, soffiando una nuvola grigia. «Guzman aveva fumato il Mysore in India, la Latakia in Siria e, in Messico, le foglie dell'Albero del veleno. In Marocco dal narghilè di un giovane sultano e il calumet tra i pellerossa, evocando anime, liberando spiriti... Ma conservava un sigaro di vaniglia. *Un sigaro d'argento*. Quel sigaro aveva più d'un secolo. »

15

Nel Settecento, il sigaro più prezioso di Guzman era appartenuto a un capitano portoghese, un mercante di spezie, tale Rabes, che lo aveva fatto preparare apposta per sé da uno schiavo d'Africa conoscitore di erbe e di profumi.

Rabes lo teneva nascosto in una scatola sotto al timone, e diceva che quel sigaro sarebbe stata la sua unica consolazione se la sua nave fosse affondata, perché lui, da buon capitano, si sarebbe inabissato con essa. E, stringendolo tra le mascelle, avrebbe avuto sulla faccia un sorriso beffardo con cui andare incontro alla morte.

Tuttavia, Rabes e il suo equipaggio furono responsabili dell'affondamento di cinque vascelli, due caravelle e tre velieri. E mai nessuno ci rimise la vita. Tantomeno Rabes, che era sempre stato il primo a buttarsi in acqua abbracciato a un barile di spezie che potesse tenerlo a galla. Ovviamente, insieme alla scatola col sigaro.

Ma una volta non fece in tempo. Accadde in Indocina, in mezzo a una terribile tempesta, con onde alte fino a sette metri.

E non riuscì neanche a concedersi quell'ultima fumata, il povero Rabes. E quel sigaro – ironia della sua sorte – scampò da solo al naufragio e, ben protetto nel proprio scrigno, navigò asciutto e caldo per cento anni, fino ad approdare tra le dita di Guzman che lo comprò da un rigattiere a Vienna.

Qualcuno racconta che il rude Rabes, poco prima di morire, avendo intuito che quel naufragio, diversamente dai precedenti, era quello definitivo, in un anelito poetico verso la propria morte, avesse vergato sul diario di bordo queste ultime parole: «*Stiamo affondando e andiamo, la morte ci chiama!*»

Ma qualcun altro – molto più realisticamente – afferma invece che la frase vera fosse: «*Stiamo affondando di nuovo, sfortuna puttana!*»

Guzman raccontava la storia della tempesta che inghiottì Rabes e il suo equipaggio, e le sue parole prendevano la forma delle onde. E, a guardarlo bene mentre narrava, sembrava di vedere quel vascello scorrere veloce davanti e dentro i suoi occhi, e tagliare un mare di velluto con la prua che sembra una lama.

«La tempesta! Non può essere stata una tempesta!» diceva.

E forse aveva ragione perché, quando la nave di Rabes da Akyab intraprese il golfo del Bengala, era appena iniziata la seconda luna dell'estate, nell'anno del Signore 1748. E tutti i marinai sanno che, d'estate, con la luna bassa, non ci sono tempeste nel golfo del Bengala...

Guzman, a questo punto, lasciava che quell'informazione aleggiasse fra i presenti per qualche istante. Poi riprendeva il racconto.

Dovete sapere che nelle locande, nei porti in Indocina, gli indigeni raccontavano una storia. Una leggenda su una serie di inspiegabili naufragi.

Tempeste senza vento.

Secondo alcuni, di notte, con calma piatta, il mare cominciava a muoversi senza motivo. Senza ragione. *Senza vento.* E, a poco a poco, diventava impetuoso.

Sempre secondo tali voci, la ragione dello strano fenomeno era che le anime inquiete e maledette dei marinai morti nelle battaglie dei pirati all'improvviso venivano fuori dal mare, sotto forma di onde gigantesche che inghiottivano le navi di passaggio, senza scampo.

Naturalmente i marinai portoghesi sapevano bene che non esistono tempeste senza vento, e che la leggenda era stata inventata dai naviganti del posto nel tentativo di scoraggiare la loro concorrenza nel trasporto delle spezie.

Solo un uomo credeva a quella storia: Rabes. E fu irremovibile dalla sua decisione di non salpare quando un armatore gli commissionò una spedizione.

Ora: non ci si deve fare una cattiva opinione di Rabes. Non era un codardo, era solo un po' restio per via delle vicissitudini a cui l'aveva sottoposto la sua vita perigliosa. Per prima cosa era quasi sordo e privo di un occhio. E già questo lo rendeva poco incline ad attirare le attenzioni femminili. E poi mangiava solo carne di pappagallo. E, si sa, a uno che per tutta la vita mangia solo carne di pappagallo, prima o poi gli viene un'ulcera.

Comunque l'equipaggio, allettato dai guadagni promessi dall'armatore, riuscì infine ad avere la meglio sull'ostinato capitano: con una botta in testa, Rabes fu messo a dormire nella stiva.

Quando uno dei mozzi andò a svegliarlo, il cielo incombeva, scuro. La notte e il mare erano neri, e sembravano una cosa sola. Nessuno avrebbe saputo dire dove finiva l'una e cominciava l'altro. E c'erano onde enormi, tonanti, spaventose. *E niente vento.*

Non c'era aria che riempisse le vele, che soffiasse tra le assi dello scafo, che musicasse sibilante tra le corde tese.

Allora Rabes salì sul ponte e lì trovò tutto l'equipaggio ad aspettarlo. Il capitano guardò i suoi uomini uno a uno, dritto negli occhi. E anche i suoi uomini lo guardarono uno a uno, nell'unico occhio. Rabes ci mise un po' a comprendere che non stavano fissando lui, e così si voltò. Alle sue spalle, dall'oscurità, apparve la più grande nave di cannoni che il mare, e l'oceano stesso, avessero mai visto.

Pirati.

Le palle sparate dagli enormi cannoni nichelati facevano ribollire l'acqua e rivoltavano il mare in gigantesche onde rimbombanti, in una tempesta *senza vento*.

Jacob Roumann si reggeva la pancia e la mascella gli doleva: non rideva così di gusto da tanto tempo. E il prigioniero insieme a lui. Le risate dell'uno alimentavano quelle dell'altro, e non riuscivano a fermarsi.

Quando uno dei soldati di guardia, attirato dai loro versi, fece capolino nella grotta, il dottore e l'italiano, invece d'intimorirsi, lo trovarono buffo, e ciò aumentò la loro ilarità.

Ci misero un po' a smettere. Fra lacrime e singulti, finalmente riuscirono ad acquietarsi.

Quando la risata esaurisce la propria energia, lascia sempre qualcosa dietro di sé, pensò il medico di guerra. Come il temporale che passa e rimane un fresco ricordo di umidità.

Ciò che rimane di una risata è gratitudine.

E Jacob Roumann, in quell'esatto momento della sua vita, era grato. Alla vita, per il semplice fatto che era vivo. A sua moglie, che l'aveva abbandonato ma che si era anche lasciata amare da lui per molti anni. Alla guerra, che aveva permesso l'incontro con quell'italiano.

«Vi prego, continuate.»

16

Questa è la leggenda del sigaro di Rabes, ormai il sigaro di Guzman. Era fragile, perciò era avvolto in carta d'argento. Era prezioso, ma lo era ancor di più per il fatto che quel rotolo di tabacco aveva viaggiato per anni tra odori di zenzero e di zafferano e pepe, ma soprattutto vaniglia, fino a esserne impregnato. Era speciale, e Guzman decise che anche per lui quello sarebbe stato l'ultimo, un giorno. Per questo lo conservava.

Raccontava questa storia, lo mostrava con orgoglio per qualche istante, poi lo riponeva come una reliquia nella tasca interna della giacca. E infine diceva: «Quando l'accenderò, nel giorno della mia morte, nella prima nuvola di fumo riconoscerò la faccia rubiconda di Rabes. Così ce ne andremo insieme, come due vecchi amici. E lo siamo davvero perché, ne sono sicuro, l'anima di Rabes è qua dentro, prigioniera di questo vecchio sigaro».

Il suo palcoscenico erano le lobby dei grandi alberghi, gli ambulacri dei teatri d'opera, i café chantant e i club privati.

Guzman aveva un metodo per adescare i suoi spettatori. Gli bastava sedersi davanti a uno sconosciuto, accendere un sigaro e, quasi di punto in bianco, attaccare a raccontare. All'inizio i prescelti erano spaesati, ma subito venivano accalappiati dalle prime battute della storia e dimenticavano l'imbarazzo. Erano in trappola. Di lì a poco, una piccola folla di curiosi si radunava spontaneamente intorno a loro.

In principio si domandavano chi fosse quell'insolito omino che raccontava fumando, ma dopo un po' avevano la sensazione di conoscerlo da sempre, come un vecchio amico.

E lui li aveva in pugno.

Con un sigaro fra le dita, Guzman creava per loro un gioco d'inganni. Si lasciava attraversare da quella bruma saporosa e stuzzicava il loro desiderio. L'aria scura dentro la sua bocca scivolava morbida e frusciante come velluto, si fermava un piccolissimo attimo, in attesa, e poi tornava fuori con le sembianze di un fantasma. E svaniva.

Dimenticava la propria morte, Guzman. E intanto era felice e non sapeva il perché. Spiegava: «Lo so, fa male, e un giorno ne morirò. Ma è la mia anima che mi costringe a farlo, e rinnega il corpo, e lo persuade a una lenta distruzione, perché è sicura di sopravvivergli. E chiede di essere dissetata ancora con quell'acqua dell'ozio che scorre invisibile e che la sa drogare. E lo fa solo per se stessa, per il proprio piacere».

La sua passione – ossessione – non si limitava al fumare e al raccontare storie. Era più complessa, articolata. C'era una terza componente, fondamentale quanto le prime due.

Le montagne.

Le montagne per Guzman avevano un preciso significato. Erano state messe lì dove si trovavano per ricordare agli uomini qualcosa: forse il senso della loro vita, la loro fragilità, o forse qualcos'altro. Per ognuno una cosa diversa.

Quando Guzman incontrava una montagna si fermava, si sedeva e la guardava. E la ascoltava cercando di capire cosa la montagna volesse dirgli. E poi lui, per salutarla, fumava.

Era stato sulle Alpi innevate, sui Carpazi, sui Pirenei. In piedi sulle vette del Tibet, a tremila metri, con l'aria rarefatta e un vento di fuoco che brucia la faccia e non consuma il tabacco. Perfino in Egitto, seduto davanti alle tre piramidi di Giza, montagne di deserto.

A Kilauea, in Polinesia, ancora raccontano di un uomo che fumava vicino al vulcano. E che il vulcano fumava con lui.

Così se ne stava Guzman, fermo a interrogare la sua anima: sapeva di averla da qualche parte dentro sé ma, come tutti, non sapeva dove fosse.

«Il tabacco lo sa», diceva. «La conosce, la seduce. Fumare, seguendo quel fumo fino a dove ci fa più piacere che arrivi, ottenebrandoci un poco nel percorso nel nostro corpo, giù nelle calde viscere, ascoltandone il rumore come il brontolio di una tempesta che si avvicina, nera, elettrica, e poi su, vorticando nel cervello, e poi chissà dove, dove non possiamo seguirlo ma dove lui sa arrivare, fino a toccarla, finalmente. *L'anima.*»

Guzman, sulle montagne, rigurgitava nuvole bianche e immaginava in ognuna di esse la forma della propria anima.

«In effetti, è un buon modo di trascorrere l'esistenza», notò Jacob Roumann. «Ma non vedo come ci si possa garantire il sostentamento con una simile predisposizione.»

« Sembra un'occupazione da poco, me ne rendo conto », ribatté il prigioniero. « Ma, che ci crediate o meno, è grazie a ciò che sapeva fare meglio che Guzman è diventato ricco. »

17

Guzman è un eroe dell'ozio.
La sua non era accidia o indolenza. Certi uomini vengono al mondo per compiere imprese, e altri sono qui per ricordare al mondo quanto sia piacevole, in fondo, vivere. Abbiamo bisogno della seconda categoria quanto della prima.
Per questo, dopo l'esperienza di garzone per la lavanderia di Madame Li, Guzman non ha più lavorato.
Ma chi non gode di rendite più o meno illimitate e non è predisposto per l'accattonaggio, prima o poi deve trovare un mestiere o un modo per mantenersi. Siccome Guzman non rientrava nel rango dei possidenti ed era generalmente troppo felice per indurre qualcuno a fargli l'elemosina, sembrava non rimanergli scelta.
Non scansava la fatica, era solo scettico sul fatto che ci fosse un lavoro adatto a lui.
Ogni uomo ha almeno un talento – così dice la Bibbia –, e Guzman sapeva bene che il proprio comprendeva il fumare e, unitamente, raccontare storie.
Ma spesso non è sufficiente possedere un talento. È necessaria anche una vocazione – lì dove s'intende la speciale predisposizione a mettere a frutto la propria dote.
Seguendo tale logica, il talento di narratore di Guzman l'avrebbe certamente favorito in una carriera di romanziere. Ma la parte del fumare era essenziale.

E pur potendo indicare cosa aspirare e i punti della narrazione in cui farlo, non avrebbe certo potuto imporre il vizio al lettore.

E poi Guzman non avrebbe accettato che le sue storie finissero prigioniere dell'incantesimo di una pagina scritta. Erano vive, e ogni volta si arricchivano di nuovi particolari che spesso prendevano il posto di quelli ormai desueti, in un continuo ricambio. Come accade alle piante, che si liberano dei rami, delle foglie e dei frutti, e mutano incessantemente senza perdere la propria identità. Fissare le storie nell'inchiostro significava privarle del proprio spirito. In altre parole, farle appassire.

Come un artigiano, Guzman cesellava frasi, sceglieva sinonimi, modificava ritmo e musicalità. Spesso era il pubblico a suggerirgli le variazioni necessarie, perché si accorgeva dalle reazioni delle loro facce se un passaggio era privo di mordente oppure se un colpo di scena era davvero efficace.

«Io sono l'ultimo aedo», diceva di se stesso, puntando un dito al cielo, ubriaco di fumo e di risate. «Come un moderno Omero, sono un apolide condannato a un continuo vagabondare per portare agli uomini il conforto dell'immaginazione.»

Guzman cominciò a maturare tale convinzione molto presto, diciamo verso i vent'anni. All'epoca versava ancora in una dignitosa indigenza – non tanto povero da morire di fame ma abbastanza per disperare che la situazione sarebbe mutata in breve tempo. Doveva ingegnarsi per procurarsi un pasto caldo.

Tanto per cominciare, investì gli ultimi risparmi in un frac di seconda mano, malmesso ma ancora rispettabile, che gli vendette un impresario di pompe funebri – ma Guzman non volle conoscerne l'esatta provenienza.

Con quell'abito indosso, sceglieva un ristorante di lusso e si presentava all'ora di cena. Puntava nella sala un cliente intento a mangiare da solo e, senza bisogno di presentazioni, andava ad accomodarsi al suo tavolo. Prima che il prescelto potesse rendersi conto di quanto stava accadendo, Guzman attaccava con una storia. Aveva calcolato che al cliente di solito occorrevano fra i cinque e i dieci secondi per superare l'iniziale smarrimento e accennare una protesta, perciò aveva solo quel breve intervallo per catturare la sua attenzione. L'attacco delle storie era fondamentale – come il direttore che, all'inizio del concerto, con un solo gesto deve conferire simultaneità all'orchestra, così lui doveva esordire con una frase che fulminasse.

«La sentite la puzza di incenso e fiori marci che proviene dal mio frac? Non ci crederete, ma per molto tempo è appartenuto a un cacciatore di fantasmi...»

Il cliente che stava già richiamando l'attenzione del maître, solitamente si bloccava con il braccio a mezz'aria, come per l'effetto di una tossina paralizzante. Guzman lo aveva colpito al cuore, inoculandogli nel sangue il veleno della curiosità.

L'unico antidoto, a quel punto, era ascoltare.

All'epoca, le storie di Guzman non erano così curate. Spesso improvvisava, mescolando, come al suo solito, verità e leggenda. Aveva bisogno di vicende forti – storie di spettri, ammazzamenti e con risvolti pruriginosi –, che gli garantissero rapidi risultati. Il commensale, pur di conoscere il seguito, faceva aggiungere un secondo coperto. In fondo, aveva considerato Guzman quando gli era venuto in mente quell'espediente, a nessuno piace mangiare da solo. Così tutti finivano per gradire la compagnia dei suoi racconti e lui riusciva a rimediare un pasto e, a volte, una piccola mancia.

«Un giorno, nel futuro», mi diceva Guzman, «tutte le famiglie all'ora di cena avranno qualcuno che si siederà a tavola con loro e gli racconterà delle storie. Sarà una cosa normalissima, vedrai. Come avere il teatro in casa.»

Siccome parlava molte lingue – retaggio del lungo girovagare assieme alla madre –, Guzman non aveva difficoltà a farsi capire ovunque andasse. Poteva viaggiare gratis, perché nelle carrozze dei treni o sulle navi trovava sempre un ricco annoiato o una comitiva di amici disposti a pagargli il prezzo del biglietto purché li intrattenesse. E siccome il suo bagaglio di storie era pressoché inesauribile, riusciva ad andare avanti anche per ore.

Una volta a Londra decise di tentare il vecchio trucco del ristorante. Nella sala era seduta un'anziana signora che mangiava da sola. Nonostante non fosse più una ragazzina, non aveva rinunciato ad apparire: indossava gioielli e un elegante abito da sera. Guzman immaginò che avrebbe di certo gradito un giovane ospite al proprio tavolo che sapesse apprezzare lo sforzo di sembrare ancora piacente. Si accomodò.

«La sentite la puzza di fiori marci e incenso che proviene dal mio frac?»

«Lo riconosco, apparteneva a un bastardo cacciatore di fantasmi.» Gli puntò in faccia i suoi occhi azzurrissimi e glaciali e, seria, aggiunse: «È da quando sono morta che lo aspetto qui tutte le sere».

Sul volto di Guzman dovette apparire un'espressione davvero spiazzata, perché la vecchia esplose subito in una risata fragorosa, incurante di cosa potessero pensare gli altri clienti del locale.

«Come facevate a sapere...»

«Perché dopo che mi hanno parlato di te, ho pensato che l'unico modo per incontrarci fosse presentarmi a cena tutta sola. Vado avanti così da una settimana. Ce ne hai messo di tempo, Guzman», lo rimproverò.

«Mi dispiace», si giustificò lui, pur non capendo esattamente di cosa dovesse scusarsi.

«Dimmi, ragazzo: la sapresti raccontare una vera storia? E non intendo vera in quanto veritiera – sono troppo vecchia per una cosa tanto crudele come la verità –, ma in quanto ti entra nella pancia prima di risalire fino al cuore. Una di quelle storie che fanno tremare i polsi e poi commuovere, ma che sono pure divertenti ed emozionanti come poche al mondo.»

«Quale storia?» domandò Guzman, per la prima volta incuriosito.

«Ovvio, la mia.»

« Almeno avete mai fumato? »

« Mi è rimasto un solo polmone, l'altro è collassato a tremila metri, mentre cercavo di scalare il Puncak Jaya. »

« Un motivo in più per non fumare sigari. »

« Da giovane fumavo sigarette alla salvia che preparava appositamente per me un amico orientale. Una volta abbiamo insegnato a una foca a fumare con noi. »

« Non ci sono foche in Oriente. »

« Perché, secondo te, quella era veramente salvia? »

Guzman intuì al volo che con lei sarebbe stata una continua lotta e che, dato il caratterino, sarebbe stato difficile averla vinta.

Il patto che Eva Mòlnar propose a Guzman era molto semplice. « Mi seguirai nei miei viaggi e ascolterai la storia della mia vita, e ti impegnerai a raccontarla quando sarò morta. In cambio – visto che non ho messo al mondo marmocchi e non ho avuto la sventura di sposarmi – ti nominerò erede universale. »

« Potrei anche non trovare interessante la storia della vostra vita, signora Mòlnar. Oppure adesso potrei dirvi di sì e, quando sarete morta, decidere di dimenticare tutto quanto. »

« Potresti. Ma non lo farai. »

« Come fate a esserne così sicura? »

« Perché ho attraversato indenne quasi un secolo, ho visto cose, collezionato imprese e amato donne che tu non immagini nemmeno, ragazzo. »

Mistero, avventura e amore lesbico. « Sì, si può fare », le disse Guzman.

18

Si chiamava Eva Mòlnar, aveva novantun anni, era ungherese. Aveva una passione – un'ossessione – per l'alpinismo.

Nel corso della sua lunga vita, aveva compiuto imprese incredibili. Aveva scalato le cime più impervie del mondo, accettato la sfida di pareti ripidissime e mortali. Si era misurata col dolore della fatica, e aveva resistito al richiamo del vuoto che la invitava a mollare la presa. Il tutto per osservare un paesaggio concesso soltanto allo sguardo di pochi eletti.

«Perché costa sacrificio la superbia di guardare il mondo dall'alto in basso.»

Tuttavia, le gesta di Eva Mòlnar, se pur memorabili, non avrebbero trovato posto nei libri di storia, né nei racconti delle guide o degli sherpa, tantomeno nei resoconti dei colleghi alpinisti.

«Perché sono una femmina, che domande fai?» rispose a Guzman che gliene aveva chiesto il motivo.

Una donna non poteva cimentarsi in attività che erano una prerogativa maschile. Altrimenti avrebbe fatto ombra.

«Se un uomo fa una cosa e una donna la ripete subito dopo, quella cosa perde di valore. Non lo sapevi?»

«Non è vero.»

«Allora dammi un sigaro e ti faccio vedere come ti passa la voglia di fumare.»

19

Così iniziò il singolare sodalizio fra Guzman ed Eva Mòlnar. La seguiva nei suoi continui viaggi e, nel frattempo, annotava mentalmente i dettagli della storia che gli raccontava.

Insieme visitarono tutte le montagne che la donna aveva scalato nei cinque continenti. Ogni volta per lui era come assistere a un incontro fra anziane signore che conoscono molte cose l'una dell'altra e che, quando si ritrovano, parlano del più e del meno. Ma sotto la frivolezza delle chiacchiere si nasconde sempre un dialogo più intimo, più personale.

Se avesse avuto ancora il sostegno dell'età, Eva si sarebbe armata di corda e chiodi e avrebbe aggredito la roccia. Guzman lo intuiva dalla luce nel suo sguardo: dietro la maschera della vecchiaia, si nascondeva una ragazza. E quegli occhi senza tempo ne erano la prova.

«Arrivati a questo punto, si è quello che si è, e non si può più fingere», gli diceva Eva. «Diventa patetico anche provarci.»

L'alpinismo era stato tutto per lei. Suo padre era alpinista, come suo nonno e il suo bisnonno. «Una di quelle banali tradizioni di famiglia che si tramandano di generazione in generazione.» Poi rifletteva: «In realtà, penso che non si siano neanche posti il problema che fossi una femmina, né se fosse il caso di chiedermi se ero d'accordo a proseguire l'usanza dei Mòlnar».

Insieme a Eva, Guzman vide luoghi e conobbe popoli e culture affascinanti. Si nutrì con cibi e bevande dai sapori più incredibili. E soprattutto, fumò tabacchi e piante misteriose che avevano il potere di far dimenticare agli uomini la loro precaria condizione.

Non prendevano mai camere d'albergo, né avevano necessità di preoccuparsi per il cibo. Infatti, in tutti i posti in cui sostavano, erano sempre ospiti di uno dei numerosi amici che Eva aveva collezionato nei suoi novantun anni di avventure. Erano tutti estremamente generosi e cordiali, felici di rivedere la vecchia compagna. Non le avrebbero permesso di rifiutare il loro invito. Anzi, ne facevano una questione d'onore.

In principio, Guzman si sentiva fuori posto, soprattutto quando – dopo cena o attendendo l'alba – gli altri si abbandonavano ai ricordi e convocavano fra loro lo spirito del passato. Ma più andava avanti la narrazione di Eva, più Guzman prendeva confidenza col suo mondo. Conobbe la gente più svariata e molti di loro finirono col diventare stretti amici suoi. E fu, certamente, il lascito più prezioso di Eva Mòlnar.

Quella donna aveva più energie di quanto lui potesse immaginare, non si stancava mai. La sua memoria aveva retto all'usura del tempo, come un blocco di granito. Ricordava tutto del passato. E, come promesso, confidò a Guzman ogni particolare, anche i più imbarazzanti, senza fare mai la tara della propria esistenza. Gli confessò i numerosi amori – femmine bellissime, madri integerrime, spose devote che mai avrebbero immaginato di concedersi a un'altra donna. Non c'era malizia nel rievocare quanto accaduto con loro, semmai un infinito pudore.

Eva Mòlnar per Guzman spalancò le porte di un paradiso sconosciuto. «Non c'era trasgressione in quelle carezze, nei baci. In me, loro vedevano se stesse. Ed era come toccarsi attraverso uno specchio.»

Guzman credeva che la rivelazione di tutta quell'intimità l'avrebbe distratto dallo scopo di raccogliere la storia di Eva – così come gli accadeva a dodici anni con la biancheria di Madame Li. I maschi si fanno guidare dal becero istinto, pensava. Ma si sbagliava. Perché, nel frattempo, stava apprendendo una delle lezioni che più gli sarebbero servite negli anni a venire.

Stava imparando ad ascoltare.

Il che è fondamentale per chi ha l'ambizione di raccontare. Ed Eva Mòlnar era una magnifica narratrice. Fedele come uno storiografo, entusiasta come un poeta. L'unica volta in cui la vide incerta fu il giorno in cui, per la prima volta, gli nominò Camille.

Invecchiavano insieme nei dagherrotipi che arrugginivano con l'incedere implacabile degli anni. Erano sempre giovani, ma opache. Pantaloni maschili di vigogna, tenuti su da una sottile cinta di cuoio e indossati come una sfida al mondo maschile. Scarponi e ramponi, che esaltavano la loro forza gentile. Corde sulle spalle, giacche di lana grezza e capelli raccolti in una coda. L'una accanto all'altra, sorridenti su un prato o vicino a una roccia, ad alta quota.

«Solo lassù il nostro tutto sarebbe stato possibile», disse con un'ombra di rimpianto Eva Mòlnar. «La sua morte è la mia più grave colpa. Sono stata io a volerla con me. Come condanna ho ricevuto il resto della mia vita.»

«Chi avrebbe dovuto punirvi?»

«Dio, chi se no!» rispose lei, riprendendo di colpo il

solito cipiglio. «Cos'altro ci si può aspettare da un maschio?»

Non parlarono mai troppo a fondo di Camille. Anzi, da un giorno all'altro, Eva non pronunciò più il suo nome. L'ultima volta che vi accennò, senza però nominarla, fu quando gli prese il viso fra le mani in un inatteso gesto d'affetto. Gli disse: «Scegli qualcuno, Guzman. E fatti scegliere».

Nei giorni che seguirono, scorse in lei un progressivo dimagrimento. Stava avvenendo troppo velocemente per non doversene preoccupare. Per i medici fu subito un cattivo segno. Ma Guzman era tranquillo, sapeva cosa stava accadendo: man mano che procedeva col racconto, Eva gli consegnava parti di sé e, di conseguenza, trasferiva a lui il peso specifico della propria vita.

«La vostra amica sta morendo», gli dissero.

«Non è vero. Alleggerisce l'anima.»

20

Alla fine, trascorsero insieme cinque anni. Ma la morte di Eva Mòlnar portò altre sorprese.

La prima fu che l'anziana signora era quasi povera.

In cambio della propria opera, Guzman si ritrovò erede universale soltanto di qualche gioiello e di un mucchio di vestiti da donna. Ma non si sentì neanche per un istante vittima di un raggiro. Il fatto è che lei non lo sapeva.

Un tempo era stata una donna ricca. Ma in tutti quegli anni aveva vissuto grazie all'ospitalità dei suoi amici. Le offrivano da dormire e da mangiare, oltre a tutto ciò di cui poteva aver bisogno. Proprio per questo non si era resa conto che la sua fortuna andava progressivamente esaurendosi, erosa dalle spese superflue.

Guzman non si rammaricò, aveva ricevuto ben altro da lei.

Le montagne.

Così vendette i pochi averi dell'amica e con quei soldi partì per visitare nuovamente i luoghi della vita di Eva, portare la triste notizia a chi le aveva voluto bene e disperdere un po' delle sue ceneri su ogni montagna che lei aveva amato e sfidato.

*

«Avevate detto che Guzman era diventato ricco grazie a ciò che sapeva fare meglio», protestò Jacob Roumann.

«L'ho detto perché è così», ribadì il prigioniero. «Fidatevi e lasciatemi finire.»

21

Dopo la morte di Eva Mòlnar, Guzman non poté fare a meno di constatare che si ritrovava al punto di partenza. Senza mezzi di sostentamento non avrebbe potuto continuare a coltivare la propria passione – l'ossessione – per il fumo, né tener fede al patto con Eva di tramandare la sua storia, insieme alle altre.

Ci stava pensando proprio mentre disperdeva l'ultima manciata di ceneri dell'amica sul monte Bianco, quando vide un uomo pericolosamente incerto sul ciglio di un burrone. Davanti a un precipizio puoi permetterti ammirazione, vertigine, perfino qualche brivido, ma dubbio mai. Perché è noto che gli strapiombi tendono ad assecondare il dubbio.

Avendo compreso le intenzioni del poveretto, Guzman cercò di avvicinarsi con cautela. Lo affiancò e vide che era pallido in volto. Il primo approccio fu alquanto scontato.

«Non lo fate», disse.

Ma comprese all'istante che una semplice esortazione non sarebbe bastata. I baratri spesso sono molto invitanti, specie per chi ha deciso di affrontarli a viso aperto. Guzman aveva bisogno di un'idea. Per penetrare lo stato catatonico del disgraziato non sarebbe stato sufficiente trovare le parole giuste – era necessario trovare un modo.

«Chi siete?» urlò Guzman all'eco. E così facendo, diede consistenza al vuoto.

L'uomo non se l'aspettava e sobbalzò sul fragile filo di speranza che lo teneva ancora legato alla vita. Ma adesso almeno si rendeva conto del pericolo sotto i propri piedi.

«Dardamel», disse a bassa voce, come se non volesse turbare ulteriormente il proprio equilibrio.

«Non ho chiesto il vostro nome. Ho domandato chi siete», gridò nuovamente Guzman.

Dardamel si voltò leggermente e lo squadrò, interrogativo. «Sono un musicista inventore.»

Stavolta fu Guzman a essere spiazzato. «Che diavolo sarebbe?» strillò.

«Se la smettete, ve lo spiego», disse l'uomo, alterato e spaventato. E attaccò una breve spiegazione: «Invento strumenti musicali. Ergo, nuovi suoni».

«Credevo che le note fossero solo sette», ribatté Guzman, cominciando ad abbassare il tono di voce.

«Perché, come tanti, credete che la musica sia fatta solo di note.» E aggiunse che quel genere di persone era la ragione che l'aveva spinto fin lassù, a interrogarsi davanti a un abisso. «Ho creato uno strumento. Ma nessuno vuole riconoscerlo come tale. Mi ridono dietro.»

«Chi vi ride dietro?»

«Tutti. I colleghi musicisti e i colleghi inventori.»

Due categorie, in effetti, erano troppe. E Guzman provò un'immediata empatia per le sue motivazioni. Puoi togliere ogni cosa a un uomo – il rispetto, l'onore, la dignità. Ma se uccidi il suo sogno, è finita. E in quel preciso istante, Guzman comprese che Dardamel avrebbe compiuto l'ultimo passo verso il nulla. E lui non avrebbe potuto impedirlo, perché l'unica maniera era modificare le cose. E questo potere non gli era concesso.

Tuttavia, considerò, pur non potendo cambiare la sua vita, poteva mutare il modo in cui Dardamel guardava a essa. E allora fece l'unica cosa che sapeva fare. Si sedette sul ciglio della voragine, si cacciò una mano in tasca ed estrasse un sigaro sottile. Batté la punta tre volte sul dorso della mano – in un gesto che non ha alcuno scopo, ma per un fumatore, chissà perché, è essenziale. Poi l'accese e attaccò a raccontare la storia di Eva Mòlnar.

Fece un catalogo delle sue imprese avventurose, ma riferì fedelmente anche le vicissitudini che aveva dovuto affrontare. E concluse affermando: «Quante donne avrebbero meritato un posto nella Storia umana e sono sparite da essa perché un mondo di maschi ha deciso di non concedere loro pari dignità? Un vero genocidio, se ci pensate».

Guzman non sapeva perché avesse raccontato di Eva. Non era neanche sicuro che sarebbe servito. Non aveva mai creduto che le storie possedessero una morale. Piuttosto pensava che ognuno, se vuole, ci trova qualcosa. E diffidava di quelli che raccontavano storie solo per impartire lezioni agli altri – oh sì, quelli erano i peggiori.

«Perché mi avete detto queste cose?» domandò Dardamel, che invece si aspettava proprio una morale.

«In verità, non saprei. Forse per farvi tardare al vostro appuntamento con la morte. Ultimamente, mi piace scombinarle i piani.»

Dardamel ci pensò su. Poi fece un passo indietro, e fu come se l'abisso sotto di lui richiudesse le fauci.

«Mi avete salvato la vita.»

«Vi siete salvato da solo.»

22

Da sempre ritengo che i sognatori si dividano in due categorie. I consapevoli e gli involontari.

I primi hanno ben in mente un obiettivo e lo perseguono con tenacia e dedizione finché non lo raggiungono. In questa schiera rientrano i grandi condottieri della Storia o i magnati dell'industria e del commercio.

Cercano la fortuna che benedica le loro imprese.

I sognatori involontari, invece, hanno un obiettivo iniziale che non è mai grandioso, però finisce col diventarlo senza che loro possano farci nulla. In definitiva, si tratta di persone che riescono a migliorare il mondo senza volerlo. Fra questi rientrano spesso gli esploratori, gli scopritori e gli inventori.

Nel caso specifico, però, la fortuna può diventare la loro maledizione.

Saprete di certo che Cristoforo Colombo voleva trovare una via più breve per raggiungere le Indie, non certo scoprire un nuovo continente. Fino al termine della sua vita si oppose inconsciamente all'idea che quella su cui era approdato fosse una nuova terra, anche se ormai fra molti navigatori serpeggiava tale sospetto. Colombo tenne fede alla visione iniziale. Si narra che, in una delle innumerevoli spedizioni, dopo aver esplorato l'isola che in seguito avrebbe preso il nome di Cuba, obbligò il proprio equipaggio a giurare davanti a un notaio che quella era in realtà la Cina.

Una delle tante leggende che circolano sull'invenzione dello champagne parla di un frate benedettino di nome Dom Pierre Pérignon che voleva creare un vino bianco per guadagnarsi i favori della corte di Francia. Solo che, a causa del clima freddo della propria regione, la fermentazione durava ben due stagioni, e ciò andava a detrimento del gusto. Tuttavia, provando a imbottigliare il prodotto prima del tempo, si generava fastidiosa anidride carbonica. Si dice che Dom Pérignon cercò per tutta la vita di eliminare le bollicine che l'avrebbero reso famoso, perché le riteneva l'insopportabile frutto di un errore.

Il fisico tedesco Wilhelm Conrad Röntgen stava cercando di ampliare la scoperta dei raggi catodici, avvenuta a opera del collega Eugene Goldstein. Il daltonismo che lo affliggeva lo costringeva a oscurare completamente il laboratorio in cui lavorava. Fu grazie al buio che notò una strana luminescenza e avvenne la casuale impressione della sua mano su una lastra fotografica. Tuttavia quella foto era speciale perché della mano mostrava lo scheletro. Per motivi morali, Röntgen si rifiutò sempre di attribuire il proprio nome alla scoperta, poiché la considerava solo un perfezionamento del lavoro altrui. Li chiamò raggi X, in quanto semplicemente sconosciuti.

Tali uomini sono solo alcuni esempi tratti dalla lunghissima schiera dei sognatori involontari. Il destino li aveva premiati oltre le loro aspettative, e loro non riuscivano a gestire la responsabilità del successo.

Lo stesso accadde a Dardamel.

Il musicista inventore, abbandonato ogni proposito suicida, s'incaponì nel proprio sogno. Dopo alcuni mesi di studio e lavoro intensissimi, concepì un innovativo strumento musicale.

Un oboe a gas.

Lo annunciò al mondo degli inventori e a quello dei musicisti in pompa magna. Ma ricavò il solito scherno, scatenando la consueta ilarità. Deciso a non mollare, depositò il progetto del nuovo strumento presso l'ufficio brevetti.

Qualche mese più tardi, ricevette un'anomala convocazione presso il ministero della Guerra.

Dardamel era un tipo gracilino e scarsamente coraggioso, quindi poco incline all'arte militare. Si domandò quale potesse essere la ragione dell'invito. Trascorse una nottata di tormenti, rigirandosi nel letto alla ricerca di una spiegazione, che non arrivò.

Il mattino dopo, si recò all'appuntamento.

Al seguito di un giovane militare, percorse gli ampi corridoi del palazzo del ministero della Guerra, facendo spaziare lo sguardo fra gli alti soffitti – voluti apposta per intimorire i visitatori – e i quadri e gli arazzi raffiguranti scene di battaglia. Stordito da tanta violenza, al termine del tragitto fu introdotto in un ampio salone. In fondo alla stanza, c'era una scrivania a cui era seduto un generale. Dardamel fu accolto da un sorriso di denti ingialliti e da una calorosa stretta di mano.

«Complimenti», disse il generale.

«Grazie. Ma per cosa?»

«Per il vostro brevetto.»

Era la prima volta che qualcuno s'interessava alla sua opera, ma Dardamel non capiva perché stranamente non riuscisse a gioirne. Seguì un'infilata di elogi del generale all'inventore e all'invenzione. Quindi un predicozzo sull'importanza che ogni cittadino servisse la nazione. Infine si avventurò a ipotizzare scenari apocalittici qualora venisse meno il fondamentale senso del dovere che dovrebbe guidare gli uomini nelle proprie scelte.

Dardamel era confuso. «Non stiamo parlando di musica, vero?»

«No di certo», rispose cordialmente l'alto in grado.

Dardamel non sapeva esattamente come prendere la cosa. Ci pensò un attimo, in silenzio, cercando le parole. Alla fine disse: «Cosa credete che sia la mia invenzione?»

«Un lanciafiamme.»

«È un oboe a gas», protestò.

«No, è un lanciafiamme», ripeté il generale senza perdere il sorriso fisso.

«Ribadisco: oboe a gas.»

«Insisto: lanciafiamme.»

Andò avanti così per un quarto d'ora. Poi il generale mostrò a Dardamel l'indecorosa somma di denaro che il ministero era disposto a pagargli per acquistare il brevetto dell'oboe lanciafiamme – come avevano convenuto di chiamarlo per dirimere almeno la controversia sulla definizione.

Davanti all'inusitata offerta, Dardamel prima tentennò, poi cedette. Di lì a qualche mese, lo strumento fu impiegato con successo per vincere una campagna militare.

Apprendendo la notizia, Dardamel cadde nello sconforto e nella frustrazione. Dal momento in cui era diventato ricco, nessuno lo derideva più ma non riusciva nemmeno a inventare strumenti musicali che producessero nuovi suoni.

La sua esistenza era gravata da insopportabile silenzio.

Impiegò quasi un anno a ritrovare il giovane che, sul

ciglio del precipizio, gli aveva fornito una motivazione per salvarsi. Lo scovò, povero e affamato, in una bettola di Varsavia, mentre cercava di rifilare a un pubblico di ubriachi una storia di montagne. Ormai fumava solo scarti di tabacco avvolti in carta pesante e grezza.

«Ecco, è vostro», gli disse mettendogli davanti tutto il denaro che possedeva. «Io non lo voglio.»

E quando Guzman – dopo essersi domandato se tutto ciò stava accadendo realmente o se era il frutto di un'allucinazione dovuta all'indigenza – gli chiese il perché, Dardamel rispose che rivoleva il vecchio sogno, anche a costo di non vederlo mai realizzato.

Guzman gli fece notare che non meritava quei soldi perché in fondo non aveva fatto nulla, ma l'ex musicista inventore gli spiegò che invece lo considerava alla stregua di un socio. Perché a volte non è necessario che qualcuno ti finanzi o condivida il rischio d'impresa. A volte, c'è semplicemente bisogno di qualcuno che creda in te.

Guzman, però, avvertiva ancora l'esigenza di capire. «Perciò non lo state facendo per una sorta di scrupolo di coscienza, per via di tutti i morti ammazzati con la vostra invenzione.»

«Non sono moralmente irreprensibile. Per cui non m'importa quell'aspetto», ammise candidamente – e spietatamente – Dardamel. «E poi penso che, anche senza l'oboe lanciafiamme, i militari troverebbero altri modi per farsi fuori.»

«Allora perché?»

«Perché dovete raccontare le vostre storie. Compresa la mia. Se vi infastidisce l'origine di quella somma, fate finta che io sia una specie di mecenate.»

Nessuno dei due aggiunse altro. Guzman prese il

denaro, Dardamel si riprese la sua vita e si separarono. Si sarebbero rivisti un'ultima volta, ma nessuno dei due poteva saperlo ancora.

Dardamel sarebbe morto un anno dopo, suicidandosi.

Guzman si sarebbe innamorato.

23

Tutto solo una volta. Una volta sola.

Questo era il motto di Guzman. E lui, che lo aveva scelto, lo rispettava con coerenza e coraggio.

Tutto solo una volta. Una volta sola.

Non fumava mai per più di una volta lo stesso tabacco, non visitava mai di nuovo la stessa montagna.

Tutto solo una volta. Una volta sola.

Guzman avrebbe vissuto solo una volta, e sarebbe morto solo una volta. E avrebbe amato solo una volta, e solo una donna.

La incontrò nel solo posto al mondo dove avesse un senso. Perché Parigi, all'inizio del nuovo secolo, era una città festosa che aveva voglia di condividere con chiunque il proprio spirito. Il Novecento aveva esordito carico d'auspici, la gente era felice e nessuno vedeva i prodromi di una guerra. Sembrava l'inizio di un'epoca di pace e prosperità. È stato proprio a Parigi che Guzman...

E in quel momento, la città esplose davanti agli occhi di Jacob Roumann. Andarono in frantumi la *Tour*, l'Arco di Trionfo, Notre-Dame. Il boato fu così forte da cancellare in un istante tutti i suoni. Il dottore si ritrovò per terra, al buio. Ci mise qualche secondo a superare lo stordimento e a capire che era ancora vivo.

La luce tornò, ma non proveniva dalla lampada a petrolio, finita in pezzi sul pavimento di roccia. Il prigioniero aveva acceso un fiammifero. Si scambiarono uno sguardo e fu sufficiente a capire che entrambi stavano bene.

Allora Jacob Roumann si precipitò fuori dalla caverna per verificare cosa fosse accaduto.

24

Le orecchie gli fischiavano e puntini argentati gli danzavano negli occhi. All'esterno, la trincea era un viavai di gente che correva. Jacob Roumann li guardò per capire da dove venissero o dove fossero diretti. Molti, semplicemente, scappavano in preda al panico.

Afferrò un soldato per la manica e lo tirò violentemente a sé. «Cosa è stato?»

Aveva gli occhi di un bambino spaventato. «È esplosa la montagna», disse.

«Dove è successo?»

«Da quella parte», indicò alzando un braccio tremante.

Jacob Roumann lo lasciò andare. Poi s'immise nel flusso che portava in quella direzione. Sentiva grida e pianti. I soldati gli sbattevano contro nello stretto budello della trincea, come inseguiti da un nemico invisibile, urlavano: «Siamo sotto attacco!»

Partirono colpi di risposta che si perdevano nella notte. Il medico proseguiva, come in trance, verso il fulcro della disperazione. Poi, nel buio, iniziò a calpestare i morti.

Doveva procedere, non poteva fermarsi, altrimenti sarebbe finito schiacciato nella calca, come probabilmente era accaduto a coloro che erano per terra. Quando sentì l'odore, capì cos'era successo.

Il gas.

Si fece largo in una barriera di spettatori attoniti, immobili sul confine di qualcosa. Vide ciò che stavano guardando. I pezzi strappati via, la carne consumata, i corpi fusi fra loro dalle fiamme. I cadaveri con il capo e gli arti ripiegati all'indietro e il busto teso in uno slancio verso l'alto – accartocciati come foglie secche.

Nessuno si lamentava. Nessuno richiedeva il suo intervento. Jacob Roumann comprese di essere superfluo in quella scena, la morte stavolta non aveva avuto bisogno di lui.

Perciò non avrebbe potuto annotare nulla nella sua agenda del 1916 con la copertina nera. Non c'era stato il tempo, era accaduto troppo in fretta. Il gas, una scintilla e l'esplosione che aveva consumato ogni cosa – ossigeno, oggetti e persone – in un solo, deflagrante istante.

Fra le vittime riconobbe l'attendente del maggiore. Il fuoco gli aveva divorato metà del volto – pareva la maschera grottesca di un assurdo carnevale. Una mano si posò sull'unico occhio, serrandogli la palpebra. Jacob Roumann si sporse per scoprire a chi fosse toccata stavolta la triste incombenza e vide che, inginocchiato di fronte a lui, c'era proprio il maggiore. Non avrebbe mai sospettato una simile delicatezza in quel soldato.

Il superiore si rimise in piedi e disse al sergente di ordinare agli uomini di smetterla di sparare. Non c'era stato alcun attacco da parte degli italiani. Si era trattato di un incidente. Era esploso un lanciafiamme.

Jacob Roumann pensò all'assurda coincidenza. Non sapeva se fosse stato davvero Dardamel a inventare quell'oggetto di morte – in verità, aveva sempre creduto che fosse opera di un altro. In ogni caso pensò a quanto fosse bizzarro che gli uomini – le uniche creature in natura a possedere la consapevolezza del dono della vita – da sempre cercassero nuovi modi per uccidersi a vicenda.

«Avete sentito il maggiore? Cessate il fuoco!» urlò il sergente. «Si è trattato di un incidente. È esploso un lanciafiamme.»

«Vi sbagliate», disse il dottore, senza che nessuno potesse sentirlo. «È un oboe a gas.»

25

All'una del mattino, Jacob Roumann fece ritorno nella caverna con una nuova lampada a petrolio. Scostò la tenda e, illuminando l'interno, scorse uno dei soldati di guardia che si accaniva sul prigioniero percuotendolo violentemente col calcio del fucile.

«No, no!» Si precipitò ad afferrarlo per le spalle e lo tirò via.

«La spia stava leggendo i vostri appunti», si giustificò mostrandogli l'agenda del 1916 con la copertina nera. Il soldato aveva l'affanno per i colpi che aveva inferto.

Jacob Roumann lo ignorò e si dedicò al prigioniero. «State bene?»

«Io sì. E voi?» gli rispose, dolorante.

Il dottore vide che aveva un taglio su uno zigomo. Di lì a poco sarebbe venuto fuori l'ematoma. Si rivolse nuovamente al soldato, porgendogli il proprio fazzoletto: «Va' là fuori e riempilo di neve fresca».

L'altro provò a replicare ma Jacob Roumann gli riservò un'occhiata carica d'odio di cui quasi si vergognò. Ma non aveva voglia di mettersi a discutere – non dopo ciò che aveva vissuto nell'ultima ora, passata a separare col bisturi cadaveri abbracciati fra loro o a rimettere insieme resti umani.

Poco dopo, rimasti soli, il dottore tamponò con l'involto il viso del prigioniero.

«Mi dispiace, non avrei dovuto leggere il vostro libriccino», si rammaricò l'italiano.

«Devo averlo perduto quando l'esplosione mi ha gettato per terra. Comunque non è niente d'importante.»

Ma il prigioniero non sembrava convinto. «Lo è, invece. Altrimenti non vi sareste preso la briga di riempire ogni giorno, accuratamente, ogni pagina con quegli appunti. E poi usate un fiore di carta come segnalibro... Allora, di che si tratta?»

Il dottore gli prese la mano e l'appoggiò sull'involto con la neve che gli copriva mezza faccia. «Comprimete con forza», si raccomandò. Poi si recò al tavolo e prese l'agenda, piazzandola sotto la luce della lampada a petrolio. «Che pagina?»

«L'ultima, per esempio.»

Jacob Roumann sfogliò fino al 14 aprile, dov'era custodito il fiore di carta. Poi, tenendo ben aperto il libriccino, lo porse al prigioniero. «Leggete.»

Il prigioniero si servì dell'unico occhio che aveva a disposizione. «Ore 4.25. Soldato semplice: 'Mamma'.»

«Ferita da arma da fuoco», disse il dottore, poi aggiunse: «Brutta ferita. Ha voluto che gli tenessi la mano. Giovane, troppo giovane. È spirato chiamando sua madre».

L'italiano, che cominciava a capire, proseguì con la voce successiva: «Ore 10.26. Ufficiale: 'Non c'è più la neve'».

«Si stava dissanguando e perciò era diventato cieco. I suoi occhi si erano spenti almeno un'ora prima, sul paesaggio del ghiacciaio. Ma lui non se n'era ancora accorto. Ha realizzato la cosa solo qualche attimo prima di andarsene.»

«Ore 16.12. Soldato semplice: 'La fine'.»

«Avvelenamento da piombo, non sono riuscito a estrarre tutte le pallottole. Mi ha domandato, dottore è la mia fine? Non gli ho risposto. Poco dopo l'ha fatto da solo. Un'affermazione, secca. La fine.»

«Ore 20.07. Soldato semplice: 'Appare'.»

«Mi ha colpito molto. Era come se vedesse qualcosa. A volte capita. Non sai se è una consapevolezza o una consolazione che qualcosa appaia proprio mentre si scompare.»

«Infine: Ore 22.27. Sottufficiale: 'Una coperta di lana'.»

«Semplicemente, aveva freddo. È stata l'ultima richiesta.»

Il prigioniero cominciò a sfogliare l'agenda a ritroso, meravigliato. «Voi collezionate le ultime parole dei moribondi. Stupefacente.»

«Già», ammise Jacob Roumann.

«Ogni giorno c'è una lista, è incredibile. E cosa sperate di ricavarne? Un messaggio dall'Onnipotente?»

«In effetti, all'inizio era ciò che mi ripromettevo.»

Il prigioniero sollevò lo sguardo sul dottore, cercando di capire se fosse serio.

«Non sono così pazzo», lo tranquillizzò con un sorriso Jacob Roumann. Poi il suo sguardo si perse nella grotta. «All'inizio della guerra mi facevo uno scrupolo quando, dopo, non riuscivo a ricordare i nomi, i volti. Mi dicevo, sono esseri umani! Ho il dovere di conservare almeno la memoria di come sono morti. Ma erano troppi. Ciononostante, non volevo assuefarmi all'indifferenza. Perché la cosa peggiore di una guerra, peggiore della morte che porta una guerra, è l'abitudine a quella morte...»

L'italiano abbassò lo sguardo. «Lo capisco.»

«Ma poi, un giorno ho fatto una scoperta. È accaduto per caso, e da allora ho cominciato ad appuntare le ultime parole di quelli che morivano.»

«Che scoperta?» domandò il prigioniero, improvvisamente incuriosito.

«Tornate all'elenco che avete appena letto, alla pagina del 14 aprile.»

L'italiano ritrovò il segno indicato dal fiore di carta.

«Ora leggete daccapo, ma senza inutili didascalie. Solo le frasi, di seguito però, senza interruzioni.»

Il prigioniero lesse: «Mamma – non c'è più la neve – la fine – appare – una coperta di lana».

La beatitudine di un silenzio calò fra loro. Le parole rimasero ad aleggiare un poco sulle loro teste, prima di svanire come fumo di tabacco. L'italiano scorse sul volto di Jacob Roumann la leggerezza di un sorriso, sembrava soddisfatto. «C'è una bellezza nascosta in ogni cosa», disse il dottore. «Anche nella più tremenda.»

Non c'era bisogno di ulteriori commenti. Il prigioniero rimise il fiore di carta fra le pagine e chiuse l'agenda.

Jacob Roumann aveva gli occhi che brillavano. «Ora che avete scoperto il mio segreto, per favore raccontatemi quello di Guzman... Chi era l'unica donna di cui è stato innamorato?»

26

Una cosa Guzman non aveva mai fatto. «Non ho mai dato un nome a una montagna», mi ripeté più di una volta.

Se ne rammaricava sul serio. All'inizio del XX secolo era convinzione diffusa che l'uomo avesse esplorato ogni angolo emerso del pianeta, perciò Guzman non aveva molte chance.

Ma presto avrebbe dovuto attribuire un nome a qualcosa di più arduo di una montagna.

Una donna.

La vide per la prima volta mentre passeggiava all'interno del grandioso hotel che César Ritz aveva voluto dedicare all'opulenza e al buon gusto dei parigini.

Guzman stava raccontando una delle sue storie, mentre sorseggiava assenzio e assaggiava un magnifico sigaro reale nel *fumoir*. Lei passò fugacemente davanti a una vetrata, parlava e rideva con un paio di amiche. Guzman si zittì – non gli era mai capitato.

Ci sono donne che usano la loro bellezza come un ricatto. Per quanto impegno tu possa mettere per conquistarle, non si concederanno mai totalmente. Lei invece no. Indossava la propria grazia come fosse un abito, incurante dell'effetto che produceva sugli altri. E nel momento stesso in cui la notò, Guzman capì che, se non l'avesse avuta, avrebbe sentito per sempre la sua mancanza.

Non lo sapeva, ma da un po' di settimane ormai a Parigi non si parlava d'altro che di quella misteriosa ragazza. Era stata avvistata spesso ultimamente, specie nei ristoranti di lusso, a teatro e in alcuni caffè. Le uniche informazioni che si conoscevano di lei, però, erano che aveva pressoché vent'anni, che era la figlia dell'ambasciatore spagnolo e che si accompagnava sempre con le solite amiche – due fanciulle giunte appositamente da Madrid per farle compagnia.

«Tutto qui?» chiese Guzman.

«Tutto qui», gli confermarono.

Nei salotti buoni si era scatenata una caccia al nome, quasi fosse una specie di nuovo gioco di società. Quando cercò di saperne di più, Guzman scoprì che era proprio la fanciulla ad alimentare il mistero circa la propria identità. Si divertiva a mettere in giro false informazioni e nomi inventati – il tutto con la complicità delle amiche, s'intende.

Ovviamente, i pretendenti più affascinanti e appetibili di Parigi si sfidarono a conquistarne il cuore. Ma, da galantuomini, si accordarono su una semplice regola.

Chiunque avesse scoperto il nome della ragazza avrebbe avuto la precedenza nel corteggiamento.

Siccome l'unica depositaria della verità era proprio lei, erano costretti a presentarsi azzardando la risposta. Ci provarono in molti, e molti dovettero ritirarsi in buon ordine.

Durante una serata al circolo, Guzman inaspettatamente se ne uscì dicendo che anche lui ci avrebbe provato. E aggiunse che era oltremodo convinto di riuscirci.

La notizia fu accolta dai presenti con velata ironia e qualche risata nascosta. Tutti volevano bene a Guzman, ma nessuno era disposto ad accordare a quell'omino brutto la benché minima possibilità di successo.

Anche se il destino avesse voluto che indovinasse davvero il nome della ragazza, era improbabile che riuscisse a conquistarla. Ma ciò non gli fu detto. Invece gli amici lo incoraggiarono a compiere l'impresa, anche perché volevano irridere il suo fallimento.

«D'accordo, caro amico», gli disse qualcuno. «Vi daremo tutti una mano e ci asterremo dal corteggiare la fanciulla per un periodo – diciamo – di cinque mesi esatti. Il termine scadrà la sera del Gran ballo dell'Ambasciata di Spagna, quando avrete l'opportunità di avvicinarla in esclusiva.»

Guzman accettò l'accordo, senza intuire l'inganno di coloro che credeva sinceri. Non era questione di cattiveria, ma di giustizia, ribadì più d'uno. Perché era giusto che Guzman pagasse il prezzo della propria alterigia – gli sarebbe servito certamente di lezione.

Lui non percepì lo scherno, o non se ne curò. Perché aveva ben altro a cui pensare. Doveva escogitare un piano. E aveva solo cinque mesi per realizzarlo.

27

Se voleva che la fanciulla s'innamorasse di lui, doveva sapere con certezza cosa fosse l'amore. La vera essenza di un sentimento che da millenni manda avanti il mondo.

Ma se l'avesse chiesto a un uomo, avrebbe avuto solo il punto di vista di un uomo sulla faccenda. E se l'avesse chiesto a una donna, avrebbe ottenuto una visione esclusivamente femminile. In ogni caso, avrebbe ricavato sempre una versione parziale, che non gli serviva.

Per questo si rivolse all'unica persona al mondo che poteva possedere entrambe le risposte, in quanto né uomo né donna – o forse in quanto era tutte e due le cose insieme.

L'ermafrodito più famoso di Marsiglia.

Madame Li gestiva ancora la lavanderia e si occupava sempre di preservare il candore della biancheria – e della reputazione – dei suoi concittadini. Quando Guzman rimise piede nell'antro nebbioso, fu come se avesse di nuovo dodici anni. Non era cambiato niente. Né il vapore odoroso che rendeva enigmatico e dolce quell'inferno, né la sensazione di vertigine al bassoventre che aveva sperimentato da ragazzo maneggiando la lingerie di qualche signora della buona società.

Per i suoi sensi ormai adulti, persisteva ancora un vago presagio di scoperta.

La titolare apparve fendendo una tenda di bambù.

Più che camminare, sembrava levitasse. Guzman notò che non era invecchiata di un giorno. Si serviva ancora di un trucco pesante per coprire l'ombra della barba, ma la peluria ormai imbiancata svaniva più facilmente sotto lo strato di cipria, conferendole un aspetto del tutto femminile.

Madame Li lo riconobbe subito, però decise di fingere e non lo diede a vedere. «Cosa desiderate?»

Allora Guzman prese dalla tasca del paltò un paio di mutande da donna che si era portato appresso. «Ho inseguito queste fino al vostro cortile», disse.

Madame Li non replicò.

«Alle mutande piace scappare», aggiunse Guzman. «Ma tanto tornano. Tornano sempre.»

Da Madame Li sempre silenzio.

«Le camicie sono più educate. Le ghette, troppo timide. I colletti inamidati...»

«... troppo pigri», concluse Madame Li. «Cosa cerchi, un lavoro da garzone?»

«Molto di più stavolta... Voglio sapere che cos'è l'amore.»

«A che ti serve?»

«Ad avere il cuore di una donna.»

«Tu vuoi possedere il suo cuore?»

«No, me lo ha insegnato mio padre che il possesso è il più grave torto che si possa fare al cuore di una persona amata. Io lo voglio solo in prestito.»

«Lei è bella?» domandò di getto.

«Bellissima», rispose lui senza esitare.

Madame Li lo osservò bene, per valutare la sua reazione. «Tu sai di essere brutto, vero, Guzman?»

Era la prima volta che qualcuno glielo diceva in faccia. Ma lui non si scompose. «Questo dettaglio dovrebbe ridurre le mie chance?»

«In effetti, no.»

Si sentì rincuorato. Allora Madame Li sedette sul bordo di una delle vasche di pietra. Mise le mani in grembo, con un gesto riposante. «Se vuoi conoscere la risposta alla tua domanda, devi fare un lungo viaggio. Te la senti?»

«Ho già viaggiato tanto, non è un problema. Dove devo andare?»

«In una valle del Sud della Cina, nella provincia dello Yunnan, vive un popolo molto antico. Se ci andrai, troverai ciò che cerchi.»

«Perché, cosa succede in quella valle?»

«Ogni anno, in primavera, le montagne cantano.»

28

Percorse migliaia di chilometri e impiegò trentacinque giorni per giungere a destinazione – e altrettanti gliene sarebbero serviti per tornare, ma gli restavano ancora quasi tre mesi prima del Gran ballo dell'Ambasciata di Spagna.

La valle di cui gli aveva parlato Madame Li era chiusa fra le montagne. Vi abitava un antico popolo dell'etnia Miao – da alcuni conosciuta come Hmong. Avevano sempre vissuto quasi di nascosto. Grazie a quell'isolamento avevano conservato antichissime tradizioni, preservandole dalla crudeltà degli invasori e del progresso.

Guzman, a dorso di cavallo, percorreva una stretta gola. Buia, perché la luce del sole non ce la faceva a scendere lungo le ripide pareti di roccia, ristagnando in superficie.

Inaspettatamente, al termine di una strozzatura, davanti a lui si aprì una verdissima vallata chiusa fra i monti. La guida cinese che lo accompagnava indicò il paesaggio con in volto l'espressione che in ogni cultura significa solo una cosa. Siamo arrivati.

Era primavera e la natura appariva colorata di smeraldo.

Guzman decise di celebrare il momento preparando da fumare. Ma si bloccò con il fiammifero a pochi millimetri dalla punta di una sigaretta. A distrarlo – a rapirlo – fu un canto.

Vivace e malinconico insieme. La voce era limpida e impetuosa. Proveniva da una delle montagne alla sua sinistra. Scendeva lungo il crinale come un ruscello invisibile e, rimbalzando nell'eco, si propagava per la valle, senza trovare ostacoli nella sua corsa celeste.

Cessò com'era cominciato, improvvisamente.

Trascorsero alcuni secondi di puro silenzio, e un'altra montagna – alla destra di Guzman – rispose intonando una canzone completamente diversa – lenta e struggente –, composta di note altissime che, dopo essersi elevate ad alta quota, ricadevano al suolo come pioggia di cristallo.

Non era possibile comprendere la lingua usata da quei cantori. Ma chiunque avrebbe colto lo stesso il significato. Erano parole d'amore.

Estasiato, Guzman diresse il cavallo verso il primo villaggio che si scorgeva nella breve pianura. La musica di altre voci accompagnò il tragitto e il suo ingresso nell'abitato. La popolazione lo osservava incuriosita, ma nessuno osava avvicinarsi allo straniero.

Allora Guzman domandò agli indigeni presenti se qualcuno lo capiva. Ripeté la frase in tutte le lingue che conosceva. Finché non fu un vecchio a rispondergli in francese.

Si chiamava Shaoba Qi. Aveva mani rugose e occhi senza tempo.

Guzman gli chiese cosa fossero quei canti che provenivano dalle montagne. Il vecchio Shaoba Qi fu lieto di rispondergli, perché ormai nella valle tutti conoscevano la storia e nessuno glielo domandava più – e Guzman notò, ancora una volta, che per rendere felice un uomo basta offrirgli l'opportunità di raccontare.

Shaoba Qi disse che ogni primavera, i giovani maschi del villaggio salivano sulle montagne per intonare canti alla donna che avevano scelto d'amare per il resto della loro vita. E scendevano soltanto se ricevevano un canto di risposta da parte dell'amata.

«A volte, vanno avanti fino alla fine dell'estate. Molti non scendono, e si lasciano morire lassù», disse Shaoba Qi. «Più che la vergogna di non essere riusciti a penetrare il cuore della prescelta, li spinge la consapevolezza dell'inutilità di vivere il resto dei giorni senza di lei.»

Shaoba Qi spiegò a Guzman che i giovani trascorrevano l'inverno a perfezionare la loro canzone, scegliendo con cura parole e intonazione. «Incastonato tra le frasi c'è il nome della ragazza. Che, ovviamente, non sa chi sta cantando per lei.»

Guzman aveva un'aria interrogativa.

Allora il vecchio aggiunse una precisazione. «Nelle altre culture ci si sceglie diversamente. Si guardano altri talenti – l'aspetto, il peso, le proprietà di famiglia. Ma noi Hmong di montagna troviamo un compagno o una compagna attraverso il canto. Non conta l'apparenza, la cosa importante è che sappia cantare, perché allora vuol dire che è in grado di mostrare il proprio amore. Le persone troppo belle amano solo se stesse», concluse saggiamente Shaoba Qi.

Guzman si sentì rincuorato dall'ultima affermazione.

Poi vide una ragazza che riversava dell'acqua da una brocca. Svolgeva il compito con gli occhi chiusi, mentre con le labbra ripeteva a bassa voce la canzone che risuonava dalle montagne in quel momento. Guzman si sentì privilegiato ad aver scorto per primo quella che sarebbe stata la sua risposta.

Era un sì.

«Ho capito», disse al vecchio. «Grazie, ora devo andare.» Stava per rimontare a cavallo, ma ci ripensò e tornò sui suoi passi. «Le vostre montagne hanno già tutte un nome?»

«Sì», disse Shaoba Qi.

«Peccato.»

Quindi, senza sprecare un solo secondo – nemmeno per riposare –, si rimise in viaggio. Aveva bisogno di un musicista. Anzi, di più. Un musicista inventore.

29

Non fu facile trovare Dardamel. Gli ci vollero diciannove preziosissimi giorni per scovarlo a Ginevra – stava cercando di piazzare a un impresario teatrale la sua ultima invenzione.

«Di che si tratta stavolta?» gli domandò Guzman mentre prendevano un caffè alla stazione ferroviaria.

«Uno xilofono a motore.»

I due si guardarono, non seguirono commenti.

«Mi serve il tuo aiuto», disse Guzman. E gli raccontò la storia della ragazza misteriosa, del Gran ballo e di ciò che provava per lei pur non conoscendola affatto e non avendole mai parlato.

«Magari è soltanto bella», affermò Dardamel. «O forse è stupida. Non ci hai pensato? Allora perché darsi tanta pena?» Non lo disse per smorzargli l'entusiasmo. Da buon amico, gli stava solo somministrando la giusta dose di realismo.

«È proprio questo il punto, non capisci?» tagliò corto Guzman. «Fra tutte le conquiste, la più emozionante per un uomo è il cuore di una donna. Ho girato il mondo, vissuto avventure, incontrato persone incredibili, ma l'impresa più esaltante è qualcosa di vicino, eppure quasi impossibile.»

Dardamel concluse che il ragionamento filava. «Ma come la metti con la storia del nome?»

«In effetti, non ci ho ancora pensato», ammise

Guzman, adombrandosi. «Ma me ne preoccuperò a tempo debito. Adesso mi serve altro.»

«Presumo che qui entri in gioco la ragione che ti ha portato da me. Cosa ti serve esattamente?»

«Una musica segreta», disse Guzman con gli occhi che brillavano, ripensando alla lezione appresa fra le montagne della Cina. «Una melodia che nessuno conosce, ma che soprattutto lei non abbia mai sentito. Perché, facci caso, non c'è nulla di paragonabile all'emozione che proviamo quando scopriamo una musica nuova. Ogni volta, in quel primo ascolto, è come se fosse stata creata solo per noi. E ciò ci rende unici. Ecco, ho capito che, se voglio quella donna, devo farla sentire unica.»

Dardamel si grattò la fronte e arricciò le labbra. «Allora hai bisogno di qualcosa di passionale ma, nello stesso tempo, struggente. Una musica che avveleni il sangue – ma un veleno che guarisce. Una melodia che abbia in sé una magia salvifica, però anche una maledizione. Che si accompagni al gesto, una fusione di corpi e di sensi... In conclusione, una poesia fatta non di parole, ma di note.»

«E dove la trovo una musica così?»

«Adesso, in Argentina.»

«Il maggiore ha bisogno di parlare con voi, dottor Roumann.»

30

Non l'aveva sentito entrare. Jacob Roumann si voltò infastidito verso il sergente. «Non ora.»

«Mi è stato ordinato di convocarvi senza indugio.»

Il medico non riusciva a crederci. Erano arrivati a un punto essenziale del racconto che proprio non poteva essere lasciato in sospeso, e quell'imbecille guastafeste era riuscito a spezzare l'incantesimo. Era sempre stato un uomo mite, ma in quel momento Jacob Roumann avrebbe voluto mettersi a urlare. «Due minuti», disse. E lo fece con tutta la fermezza di cui fu capace.

Il sergente attese in silenzio per qualche secondo, reggendo lo sguardo del dottore in una specie di gioco di forza. Poi lo spostò per un attimo sul prigioniero che sedeva nell'ombra. Quindi si voltò e uscì dalla grotta.

Jacob Roumann esortò il prigioniero. «Andate avanti, non ho molto tempo.»

«Non saranno sufficienti un paio di minuti», parve giustificarsi l'italiano.

«Non importa. Il resto me lo direte dopo, ma voglio sapere almeno se Guzman riuscì a trovare quella musica in Argentina...»

«Be', il viaggio fu lungo e assai travagliato, anche perché non sapeva dove e cosa esattamente cercare – e l'Argentina è grande.»

«Ma ebbe successo nell'impresa, vero?» domandò, un po' in ansia, Jacob Roumann.

«Intanto posso dirvi che tornò appena in tempo per il Gran ballo dell'Ambasciata di Spagna. Giunse a Parigi la sera prima, ma senza avere ancora un'idea del nome della ragazza.»

Jacob Roumann voleva conoscere il seguito, ma diede un'occhiata all'orologio da taschino e scosse il capo. «Va bene, non mi va di ascoltare il resto in questo modo, con la fretta e il pensiero del maggiore che mi attende. Vorrà dire che finirete dopo il vostro racconto.»

«Come desiderate, dottore», sorrise il prigioniero. «Tanto non mi muovo.»

31

Il medico percorse il tragitto macerando il malumore fra i denti. Arrivato al cospetto del maggiore, lo trovò seduto sulla branda e coi piedi sollevati su una cassetta di legno per munizioni. Si puliva le unghie con la punta di un coltellino. Non alzò nemmeno lo sguardo quando disse: «Alla buonora, dottore».

Jacob Roumann si fermò, impalato, a un paio di metri.

«Adesso vi mettete a discutere i miei ordini?»

«Non mi permetterei.»

«Quando vi convoco, pretendo che scattiate.» Il tono era odiosamente calmo. Non c'era alcuna urgenza nelle sue parole.

«Volete che vi faccia rapporto?»

Il maggiore liquidò la proposta con un gesto distratto della mano. Poi aggiunse: «Ho deciso di sollevarvi dall'incarico».

Jacob Roumann rimase senza parole per un lunghissimo istante. «Ma se non sapete nemmeno...»

«Non importa», lo interruppe. «Non conta cosa riuscirete a scoprire. Proporremo lo stesso lo scambio agli italiani: il prigioniero per il tenente colonnello. Se è vero che è un ufficiale, accetteranno.»

Era contento, perché in fondo era una buona idea e così l'italiano avrebbe avuto salva la vita. Ma c'era qualcos'altro. Non era delusione, ma una specie di tristezza.

Come quando si deve dire addio a un caro amico. Anche se sai che è giusto, ti fa male. E quel piccolo dolore gli si leggeva in faccia.

Il maggiore parve accorgersene, perché infierì con un certo gusto. «Manderò una staffetta prima dell'alba con la nostra offerta. Sempre che siano interessati a riavere indietro il loro uomo. Lo sapete, ultimamente ho maturato una certa stima nei loro confronti. Li ho sempre ritenuti inferiori – la loro monarchia è inferiore, la loro razza, la loro storia. Ma ho dovuto cambiare parzialmente il mio giudizio quando ho visto i loro giovani soldati gettarsi con tutto quello slancio sulla nostra linea di fuoco. Sapete come fanno a motivarli così efficacemente?»

Jacob Roumann scosse il capo, ma non perché fosse curioso. Era sicuro che la risposta sarebbe stata sgradevole e avrebbe preferito non conoscerla.

«Prima dell'assalto, gli ufficiali sparano in testa a un paio di uomini – non necessariamente a dei vigliacchi, li scelgono a caso. Così il messaggio è chiaro per tutti. Non esiste la pietà. Nessuno potrà tornare indietro. L'unica salvezza possibile passa per la sconfitta del nemico. Ammirevole, non trovate?»

Disgustoso, avrebbe voluto commentare Jacob Roumann. Invece non disse niente. Un sapore amaro gli seccava la bocca.

«Grazie per la collaborazione, dottore. Ora che non c'è più bisogno che parliate al prigioniero, potete tornare alle vostre mansioni.»

«Sissignore», riuscì a rispondere soltanto.

Salutò, e stava per andar via quando il maggiore parlò di nuovo. «Lo so che vi aspettavate un encomio... per la storia di vostra moglie e la vostra reputazione... Ma, se accettate il consiglio di un amico, una donna così non merita affanni, e nemmeno il vostro disprezzo.»

Jacob Roumann avrebbe voluto replicargli duramente che non erano amici e che non accettava giudizi o consigli da lui e, tantomeno, quel genere di confidenza. Si limitò a voltargli le spalle per andarsene, e se ne vergognò.

32

Non l'aveva nemmeno salutato.

Jacob Roumann era disteso sul giaciglio di paglia e tela di sacco che ormai da più di un anno era la sua tana sul monte Fumo, e non riusciva a non pensare al fatto che probabilmente non avrebbe rivisto mai più il prigioniero.

I rumori della trincea gli impedivano di prender sonno. Fianco a fianco, gli uni con gli altri, come bestie in una stalla, a condividere l'aria da respirare, gli odori nauseabondi. Senza poter scappare. Costretti a sopportarsi, a starsi addosso, per non far disperdere il calore, per non morire assiderati nelle notti di tormenta.

Condannati a un abbraccio forzato ma, in fondo, ognuno per sé.

Non esisteva alcun cameratismo, non era vero che fra compagni si diventa come fratelli, che quando spartisci la paura – non solo della morte ma perfino quella di essere ancora vivo – si crea un legame indissolubile. Jacob Roumann guardava i commilitoni e scorgeva ostilità nei loro sguardi – rancore, sospetto, l'invidia per un tozzo di pane in più.

È l'odio che t'insegnano. Ed è l'odio che vogliono da te. Perché è così che si sopravvive a una guerra, pensò.

O forse non era vero niente. Ed era solo lui lo sbaglio, l'anomalia.

Che razza di persona era? Perché si perdeva in inutili

elucubrazioni? Era abbattuto. Avrebbe dovuto essere contento per l'epilogo della vicenda, in fondo l'italiano era salvo. Invece non riusciva a gioirne. Sono io l'egoista, si disse.

Non era perché non avrebbe mai saputo come andava a finire la storia. Credeva di farne parte anche lui, ecco cos'era. Come fosse una specie di diritto di cui l'avevano ingiustamente defraudato. Ma non era e non sarebbe mai stata la sua storia. Apparteneva a qualcun altro. A Guzman, prima di tutto. Jacob Roumann invece adesso si accorgeva di essere solo un povero, patetico medico di guerra. Il marito mediocre e imperfetto di una donna che aveva deciso di rimpiazzarlo con un altro uomo... Si fermò a riflettere. Era questo il punto, la ragione della zavorra che aveva nel cuore.

Nessuno avrebbe mai voluto raccontare la storia di Jacob Roumann.

Il cielo sopra di lui si aprì, apparvero le stelle. C'era una notte limpida oltre lo schermo delle nuvole. Il ghiacciaio emise un suono misterioso – un profondo sciabordio. Come un mare immobile che, però, risente ancora dell'influsso della luna. A volte lo si sentiva fremere o crepitare. Avresti detto, respira – come un animale antico, da secoli in letargo.

In quel raro e fragile momento di pace, Jacob Roumann si accorse di essere improvvisamente invecchiato. La mezzanotte era trascorsa da un pezzo e se n'era andato un altro compleanno – il più triste della mia vita, considerò.

Si costrinse a ripensare a sua moglie, e a un momento felice di quando erano insieme. Era la sua storia, in fondo. E anche se nessuno l'avrebbe raccontata, era pur sempre una vita. La sua vita.

Gli venne in mente il fiore di carta nascosto fra le pagine consumate della sua agenda. Aveva deciso di conservarlo lì perché era sicuro che solo così, tenendolo costantemente davanti agli occhi, sarebbe riuscito a dimenticarsene. Ma nessuno ha il diritto di dimenticare, si disse. Neanche lui ce l'aveva.

Jacob Roumann non aveva mai avuto l'ambizione di dare un nome a una montagna. Ma il suo più grande rimpianto sarebbe rimasto sempre legato a una donna meravigliosa.

Eppure anni prima si era promessa a lui. Ma come gli aveva scritto nella lettera con cui l'aveva lasciato, le promesse a volte fanno pesare il cuore.

33

Appena laureato in medicina, Jacob aveva preso servizio presso l'Ospedale Generale di Vienna. Un importante luminare l'aveva scelto come assistente ma, per fargli scontare il prezzo del privilegio, non si faceva scrupoli a costringerlo a turni massacranti e a orari assurdi. Jacob non riusciva a staccare prima della mezzanotte e lo attendeva una sveglia puntuale alle cinque.

Ogni volta che arrivava o andava via dall'ospedale, passava dalla saletta riservata ai giovani internisti. Era poco più di uno spogliatoio in cui erano state piazzate un paio di poltrone, rivestite di pelle lisa, e un fornelletto a carbone per fare il tè. C'erano due file di attaccapanni alle pareti. Ognuno aveva il proprio piolo a cui appendere il camice a fine giornata – non perché quel posto gli fosse stato assegnato, ma per spontanea consuetudine.

Una mattina, ancora intontito dal sonno, indossò il camice prima di mettersi al lavoro. Con un gesto meccanico, infilò subito entrambe le mani in tasca. Ma quella volta sentì qualcosa al tatto – sottile e ruvido. Non avrebbe mai più dimenticato quella piccola sensazione – come è infinitesimale l'inizio di ogni avventura, avrebbe pensato poi.

Sfilò la mano e si ritrovò a guardare nel suo palmo una stella alpina, realizzata con un foglio che sembrava di giornale.

Stupito e interdetto, si domandò come fosse finita là dentro. Non riuscendo a rammentare nulla, stava per accartocciare e gettare via lo strano manufatto. Ma si fermò un attimo prima e lo tenne.

Trascorse la giornata senza pensarci. Alla fine del turno, aveva del tutto rimosso il ritrovamento. Come sempre, scambiò il camice con il soprabito e se ne tornò a casa.

Il mattino dopo, ripeté l'operazione ma, un istante prima di mettere le mani in tasca come al solito, senza sapere il perché ripensò a ciò che era accaduto il giorno precedente. Guidate da una specie di sesto senso, le dita scivolarono nello scomparto, e con i polpastrelli avvertì subito qualcosa.

Un secondo fiore di carta. Un tulipano.

Stavolta il ritrovamento lo scosse. Per capirci qualcosa, dispiegò i petali e scoprì che non si trattava di comune carta di giornale. Era la pagina di un libro. Versi in rima, divisi in ottave. Anche se al momento non rammentava l'opera, li aveva già letti, però molti anni prima, al liceo. Erano bellissimi, ma produssero in lui anche uno strano disagio.

E quella sensazione – un misto di turbamento ed eccitazione – tornò ad assalirlo più volte nel corso della giornata, come un solletico sul cuore. Finché dalla memoria non giunse almeno una risposta. I versi appartenevano all'*Orlando furioso* dell'Ariosto, mentre quelli contenuti nel fiore del giorno precedente erano di Shakespeare. Jacob era un uomo pratico, non certo disposto ad assecondare simili frivolezze. Così decise di ignorare la faccenda. La sera riprese il soprabito e, non senza qualche timore, affidò il camice al solito piolo.

Il terzo fiore di carta era al proprio posto l'indomani, ed era un giglio che racchiudeva l'*Infinito* di Leopardi.

Per quanto avesse desiderato una conferma, Jacob non la prese bene. Durante la notte aveva dato voce al proprio pessimismo e si era convinto che poteva trattarsi solo di uno scherzo dei colleghi più anziani, una specie di benvenuto goliardico all'ultimo arrivato. Probabilmente in quel momento, nella saletta affollata di internisti, qualcuno stava ridendo alle sue spalle. Allora, senza nemmeno guardarsi intorno, gettò via il giglio con un gesto incurante ma plateale, in modo che lo notassero tutti.

Ventiquattr'ore dopo, non trovò un quarto fiore di carta, bensì nuovamente il giglio che aveva gettato via. Era un po' stropicciato, ma qualcuno l'aveva ripiegato al meglio.

Qualcuno che non voleva essere ignorato.

Jacob non amava i misteri, specie se rischiavano di fargli fare la figura del cretino. Così escogitò un modo per scombinare i piani dell'ignoto fiorista. La sera andò via per ultimo, ma invece di appendere il camice al solito piolo, ne scelse uno fra i tanti che erano ancora liberi – confidando nel fatto che, a quel punto, non c'era modo di distinguere il suo dagli altri.

Invece qualcuno riusciva a riconoscerlo, perché il quinto giorno un nuovo fiore attendeva beffardamente di essere scoperto nella sua tasca.

34

Il rito dei fiori di poesia si ripeté per ventisette mattine di seguito. Se fosse stato uno scherzo, sarebbe certamente finito prima. Perciò, a poco a poco, Jacob si era persuaso che si trattasse di qualcosa di diverso. Per la prima volta nella sua esistenza, si sentì speciale.

Da tempo si domandava chi potesse essere l'autrice di quel gesto – perché si era convinto quasi subito che si trattasse di una donna, e nessuno gli avrebbe fatto cambiare idea. Poteva essere opera di una paziente o forse di una familiare di qualche degente. Ma doveva trattarsi di una persona che avesse accesso indisturbato alla saletta degli internisti. Una persona che in quel contesto non desse nell'occhio. Una persona che aveva modo di osservarlo, non vista.

Una delle monache?

Per quanto l'ipotesi fosse pruriginosa, la scartò quasi subito perché le consorelle che si occupavano dei malati durante il giorno, come da disposizioni del loro vescovo, alle dieci di sera si ritiravano in convento. Ma chi metteva i cadeau floreali nella tasca del suo camice si tratteneva oltre quell'orario.

Un'infermiera di notte.

Era la risposta, l'unica possibile. Ogni sera, le infermiere prendevano il posto delle monache fino all'indomani mattina.

Il ventinovesimo giorno, Jacob appese il camice e si

sistemò su una delle poltrone in pelle della saletta, con l'idea di passarvi la notte per sorprendere *la ragazza dei fiori di carta* – così l'aveva ribattezzata. Ma si addormentò troppo presto.

Al mattino fu svegliato da un raggio ambrato che filtrava dalla finestra sui suoi occhi chiusi. Li aprì e vide che in grembo qualcuno gli aveva deposto il solito fiore – un'orchidea. Si stava per maledire per essersi addormentato, quando la vide.

Era in piedi a pochi metri da lui, stretta in un cappotto scuro. Una crestina bianca da infermiera sui capelli castani, raccolti in una crocchia sulla nuca. Le mani incrociate davanti a sé.

«Poverino», gli disse. «Non ce l'hai proprio fatta a rimanere sveglio. Ma io so cosa passi qua dentro.»

«Chi sei?» riuscì solo a chiedere Jacob, ancora stordito da ciò che stava accadendo.

«Anch'io mi sono chiesta a lungo chi fosse il giovane dottore che sfioravo tutte le sere, al mio arrivo, e tutte le mattine, quando andavo via. Non te ne sei mai accorto, ma ci passiamo accanto praticamente ogni giorno, sui gradini dell'ospedale, come fosse un appuntamento. Anzi, di più: una coincidenza programmata.»

Jacob ebbe timore di domandare chi potesse programmare simili coincidenze e, non sapendo cosa replicare, chiese: «Perché tutto questo?»

«Così ti ho costretto a pensare a me quando ancora non esistevo.»

Jacob considerò che, in effetti, aveva raggiunto lo scopo. «Ho desiderato per molto tempo il tuo nome», le confessò. «Non il tuo volto o il tuo aspetto, non m'importava. Volevo solo sapere che esistevi veramente. Allora, vuoi dirmelo?»

Lei sorrise. «Anya Roumann.»

Il fatto che si fosse attribuita da subito il suo cognome lo colpì. Era come se volesse dirgli: eccomi, sono io la donna della tua vita.

Una settimana dopo la ragazza dei fiori di carta diventò sua moglie.

E adesso l'ho persa, pensò Jacob Roumann, mentre si rigirava fra le dita una sgualcita orchidea di carta. Disteso sulla branda nella fetida trincea, riusciva a immaginare il profumo di quel fiore. Era proprio questo il merito di Anya. L'aver instillato nel cuore di un uomo razionale e distaccato il presagio di un mondo parallelo, totalmente diverso, dove i fiori di carta hanno un odore e bastano le parole di una poesia per far materializzare le cose. In fondo, all'inizio lui non ci credeva. Era stata lei a insegnarglielo. E poi lui non era stato capace d'impedire che un altro uomo gliela portasse via. Era capace solo di subire gli eventi. E Anya se n'era andata per sempre.

«È tornata.»

Il dottore non riconobbe subito la voce del sergente. Si voltò, era alle sue spalle.

«La staffetta è tornata», precisò quello. «Ha riferito che gli italiani pretendono nome e grado del prigioniero, o non muoveranno un dito per salvarlo.»

Jacob Roumann si sentì in colpa. Il suo amico non era ancora salvo. Si chiese se fosse stato il suo stupido egoismo – il voler conoscere a tutti i costi la fine della storia di Guzman – a determinare quel cambiamento del destino. No, si disse. Come l'incontro con Anya, anche quello col prigioniero poteva essere annoverato fra le «coincidenze programmate» della sua vita. Ma stavolta lui avrebbe avuto un ruolo nel disegno del destino.

Il medico incalzò il sergente: «Perché lo venite a riferire proprio a me?»

L'altro si vide costretto ad aggiungere, non senza imbarazzo: «Mi ha mandato il maggiore. Ha detto...»

«Immagino cosa ha detto», lo interruppe bruscamente Jacob Roumann. «Ditegli che continuerò l'interrogatorio. Abbiamo già perso troppo tempo.» Poi guardò l'orologio – erano passate da poco le quattro.

Gli rimanevano appena due ore per convincere il prigioniero a farsi salvare la vita.

35

Lo trovò che stava fumando. Sembrava tranquillo, non certo come uno che poche ore dopo sarebbe stato fucilato. Jacob Roumann era sicuro che, in fondo, l'altro avesse uno scopo preciso in mente. E tale considerazione lo riempiva di sollievo. Alla fine, mi dirà come si chiama, si ripeté. In fondo, gliel'aveva promesso.

«Il vostro maggiore è un tipo alquanto singolare», disse l'italiano.

«È stato qui?» Jacob Roumann era esterrefatto.

«È andato via poco fa», confermò il prigioniero. «Mi ha fatto un'offerta.»

Ciò stupì ancor di più il medico. «Di che genere?»

«Ha detto che, se gli avessi rivelato chi sono, avrebbe salvato la vita anche ai soldati che sono stati catturati insieme a me. Mi ha dato la sua parola.»

«È un'ottima cosa. Ma per quale motivo allora vi siete rifiutato?» Perché Jacob Roumann era sicuro che fosse andata così.

Il prigioniero lo fissò dalla sua tana di ombra. «Perché sono qui? Cosa credete che ci faccia quassù?»

Per la prima volta, il dubbio s'insinuò in Jacob Roumann.

«Ci sono molte cose che non sapete, dottore. In primo luogo, il vostro tenente colonnello è morto.»

«Morto?» La notizia gli tolse il fiato.

«È accaduto dopo che lo abbiamo catturato, era ferito gravemente. E il vostro maggiore lo sa da un pezzo», aggiunse il prigioniero.

«Quindi non sarebbe possibile alcuno scambio. La staffetta allora...»

«Era un bluff. Davvero non vi siete mai domandato come mai io e i miei uomini ci troviamo qui? O perché ci hanno presi?»

«Che significa 'perché'?» In pratica, il medico ammise di non averci pensato. «So solo che eravate in pattugliamento sul versante sud. Ci stavate spiando?»

L'italiano sorrise. «Sul serio non capite?»

Jacob Roumann non era uno stratega, certe logiche militari non lo riguardavano. Ma si costrinse a riflettere meglio sulla situazione. Alla fine, ci arrivò. «Vi siete fatti catturare di proposito.»

L'italiano non confermò né smentì.

«Stavate saggiando le nostre difese.»

«Diverse pattuglie hanno messo alla prova altri lati del vostro fronte, ma solo noi siamo stati catturati. Vuol dire che siete vulnerabili.»

«Presto il vostro esercito sarà qui, stanno solo attendendo il momento buono, non è vero? Ma perché lo venite a dire proprio a me? Non avete timore che lo riferisca al maggiore?»

Il prigioniero tacque di nuovo.

«Lo sa già», concluse Jacob Roumann, sgomento. «E il maggiore non ha intenzione d'impedirlo?»

«Ragionate: pur volendo, come può riuscirci? Siete soli quassù: l'ultimo avamposto austriaco. Avete perso il controllo delle cime, tranne il monte Fumo. Certo, siete meglio equipaggiati, ma inferiori nel numero rispetto a noi.»

«E allora cosa cerca di fare il maggiore? Non capisco...»

«Quando accadrà, sarà importante farsi trovare pronti.»

Jacob Roumann era sicuro quando affermò: «Offrirà agli italiani la vostra vita in cambio di un salvacondotto per sé. Ma per fare questo, ha bisogno di essere sicuro della vostra identità e del vostro grado».

«E io mi farò fucilare per mandare a monte i suoi piani», rise il prigioniero.

In Jacob Roumann montò una strana collera. «Non è vero. Voi state solo prendendo tempo, perché sapete che fra poco i vostri attaccheranno e sarete salvi.» Era furioso. «Allora, la storia che mi state raccontando è un diversivo! Vi prendete gioco di me!»

Il prigioniero scosse il capo. «Calmatevi, non verrà nessuno a salvarci. L'attacco non è imminente.» Sospirò. «Io e i miei uomini siamo pedine sacrificabili. Credete che gli italiani non sappiano come vanno le cose? I soldati vengono fucilati come spie, gli ufficiali diventano merce di scambio e tornano a casa.» Poi, con fermezza: «Ma non stanotte, non qui, non io. Avevo già deciso quando ho accettato l'ordine di missione, quindi non sarà colpa vostra».

Jacob Roumann comprese il disegno, la rabbia lasciò il posto allo sconforto. «Ma adesso le cose sono cambiate. Se date al maggiore ciò che richiede, potreste comunque salvare i vostri uomini.»

«Voi vi fidereste di un maggiore che tradisce i propri, di uomini?»

Sul momento, il dottore non seppe cosa replicare. Poi l'espressione s'indurì. «Non posso accettare che venga sprecata anche una sola vita, è il mio giuramento di medico. Questo lo capite, vero?»

«Lo capisco.»

«Allora ascolterò il resto della vostra storia e, alla fine, mi direte il vostro nome e il vostro grado, come avete promesso fin dall'inizio. Perché, anche se non vi fidate del maggiore, io mi sono fidato di voi.» E aggiunse: «Starà a me, poi, decidere cosa farne. Vi sgraverò la coscienza».

«E la vostra coscienza chi la sgraverà?»

Jacob Roumann non rispose e cambiò argomento. «Guzman era tornato dall'Argentina appena in tempo per il Gran ballo dell'Ambasciata di Spagna...»

Il prigioniero si accese un'altra sigaretta.

36

Era una splendida serata di maggio. Parigi profumava. Il sole si ritirava dalle strade come una marea. L'aria intorno all'Ambasciata di Spagna vibrava di allegria.

Davanti al palazzo, le carrozze in fila scaricavano gli invitati e subito ripartivano. Dalle grandi finestre illuminate s'intravedevano le silhouette eleganti degli ospiti che affollavano il salone delle feste. Le note dell'orchestra erano un'eco piacevole e ammaliante per la folla di esclusi radunata sul marciapiede opposto. Tutti con lo sguardo puntato al primo piano e l'espressione ammirata. Erano troppo intenti a fantasticare sull'esistenza dorata di quegli dei mortali, per dispiacersi di non farvi parte.

Guzman, come programmato, arrivò verso le dieci, quando la festa era nel pieno. Apparve sulla porta con un lucente frac. Quando lo videro, gli amici del circolo che l'avevano sfidato per deriderlo si scambiarono uno sguardo divertito. Per cinque mesi si erano domandati che fine avesse fatto. La risposta che si erano dati era stata che Guzman, incapace di tener fede a quella specie di scommessa, avesse preferito non farsi più vedere. Invece lo sfrontato era lì, e nessuno voleva perdersi lo spettacolo dell'umiliazione che sicuramente l'attendeva.

Guzman sorrise e li salutò con un cenno del capo. Poi rivolse lo sguardo alla sala.

Com'era prevedibile, la regina della serata era la figlia dell'ambasciatore. La ragazza senza nome che aveva scatenato le fantasie e i pettegolezzi dei parigini.

Indossava un abito azzurro e un diadema fra i capelli raccolti sulla nuca. Era bellissima.

Guzman rimase a osservarla. Stava accanto al padre mentre le sfilavano davanti innumerevoli cavalieri che le chiedevano di danzare. Lei accettava educatamente – anche perché, per via del delicato ruolo dell'ambasciatore, non poteva far torto a nessuno. Ma ogni volta che ballava con uno di loro, sembrava anche un po' più annoiata e infastidita. Lo si percepiva dai sorrisi tirati o dagli occhi che vagavano disinteressati.

Di tanto in tanto, si rifugiava fra le due amiche che l'avevano seguita dalla Spagna e si concedeva qualche chiacchiera divertita all'indirizzo di qualcosa che era accaduto o allo strano comportamento di uno dei presenti.

In piedi, appoggiato alla parete, Guzman studiò ogni suo gesto, ogni postura, cercando d'interpretare le variazioni del suo umore. In attesa del momento giusto.

Lei non sembrò notarlo in mezzo alla confusione. Inoltre, lui non era certamente il tipo che dà subito nell'occhio o che colpisce l'immaginario di una donna.

Gli amici, intanto, lo indicavano a distanza. Guzman non si accorgeva di nulla e loro non si facevano più scrupolo di ridere platealmente di lui, convinti che presto si sarebbe messo in ridicolo.

Come avesse ricevuto il via da un misterioso arbitro, finalmente Guzman si staccò dalla parete. Con un semplice gesto, aveva fatto partire un oscuro e calcolato meccanismo – come in un domino, le tessere cominciarono a scivolare l'una sull'altra, inesorabilmente.

Mentre andava incontro alla fanciulla, si voltò un istante per incrociare gli sguardi dell'orchestra che a un cenno concordato avrebbe fatto ciò per cui era stata pagata. Avanzava con passo sicuro, consapevole già di cosa avrebbe detto, della prima parola che avrebbe pronunciato per quella donna che neanche conosceva.

E mentre procedeva verso di lei, passando in mezzo alla gente, ripeteva in mente quella parola. Scandendone bene le lettere con la bocca, in silenzio. Come un segreto che era lì, alla portata di tutti, scritto sulle sue labbra – sarebbe bastato leggerlo. Ma non c'era nessuno che potesse farlo intorno a lui, in quel momento.

La parola segreta – visibile e invisibile – era un nome. Il nome della bellissima ragazza – ne era sicuro.

E, arrivato vicino a lei, lui l'avrebbe chiamata. E se lei si fosse voltata, se per un bizzarro gioco del destino lei l'avesse fatto – be', lui allora avrebbe capito tutto – tutto in una sola volta – e avrebbe saputo di averla trovata.

Le giunse accanto.

«Isabel...»

Ancora una volta.

«Isabel.»

E lei si voltò.

Nel salone calò uno sbigottito silenzio. Nessuno rideva. L'orchestra si fermò. Improvvisamente, tutti guardavano dalla loro parte.

«Come sapete il mio nome?»

«Non poteva che essere questo», tagliò corto Guzman. Poi, senza aggiungere altre spiegazioni: «Ballate, Isabel?»

«Ma l'orchestra non sta suonando.»

Aveva appena finito di pronunciare la frase, e l'orchestra attaccò.

A Parigi era il 26 maggio del 1900, le undici ventun minuti e quaranta secondi della sera. A diecimila chilometri da quell'istante un uomo di nome Martin moriva schiacciato dal peso di una barra d'acciaio nelle fonderie di Cleveland. In quello stesso istante, un anno prima, una sconosciuta aveva partorito un bambino sull'altare maggiore di Notre Dame. A otto ore esatte da quell'istante sarebbe iniziato un evento che gli uomini non avrebbero mai più dimenticato – l'ultima eclissi di Gerusalemme.

Eppure, *in quell'istante*, l'orchestra cominciò a suonare una musica senza nome. Una musica che nessuno poteva conoscere, perché sarebbe arrivata in Europa solo anni più tardi. Una musica che molti nella sala avevano sentito soltanto menzionare – dal Río de la Plata era giunta ai bassifondi di Buenos Aires, dove i bianchi si mischiavano coi neri dando vita a una danza sensuale come una preghiera proibita e maledetta come una febbre.

L'orchestra intonò un *tango*.

Isabel osservò per un attimo la mano tesa di Guzman. Lei, spagnola, non era imbarazzata da quella melodia. Anzi, in qualche modo sembrava ricordarle qualcosa della sua terra – il sole che abbaglia, il flamenco, le notti di calura. Forse per questo accettò l'invito.

Nonostante fosse più basso di lei di quasi una spanna, e a dispetto del fisico sgraziato, Guzman la guidò con maestria. In realtà, la lezione era che non c'erano passi da seguire. Si trattava di un ballo libero e, a differenza di quelli classici, in questo i corpi si toccavano lo stretto necessario. Nondimeno sembrava di assistere lo stesso a una specie d'incontro carnale. Bastava la musica unita alla passione degli sguardi a creare l'illusione.

L'orchestra eseguiva il tango servendosi di strumenti tradizionali – nessuno si sarebbe azzardato a portare un Bandoneón al Gran ballo di un'ambasciata! Poteva sembrare uno strano valzer, ma il ritmo non era dato dalla melodia, bensì da una vena di misteriose percussioni che scorreva in profondità.

Nessuno avrebbe potuto eccepire alcunché su quella musica senza offendere la reputazione dell'ambasciatore. Ma tutti riconobbero uno spirito peccaminoso.

Isabel sembrava finalmente divertirsi fra le braccia di Guzman. Perché lui aveva colto ciò che gli altri nemmeno sospettavano. E cioè che la figlia di un ambasciatore – lontana da casa, dai posti a lei più familiari, costretta a trattenere l'estro dei vent'anni nelle regole dell'etichetta diplomatica – non vedeva l'ora di trasgredire a qualcosa.

Danzare su quelle note con lo strano eppure intrigante sconosciuto che odorava di tabacco e che ufficialmente le aveva rubato il nome le offriva l'occasione di fuggire lontano da quel mondo formale, pur rimanendo esattamente dove si trovava.

«Mi dite come vi chiamate, o anch'io devo indovinarlo?»

Le mostrò il suo sorriso beato. «Guzman.»

37

Il prigioniero spense ciò che rimaneva della sigaretta. «Inutile dirvi che lo scandalo scoppiò con tutta calma nei giorni che seguirono. Iniziò come una voce, un pettegolezzo, e presto diventò argomento di vibrante discussione – addirittura un tango! tuonarono i moralisti, i benpensanti e perfino un ministro. Parigi era una città libera, anzi, l'emblema della libertà. Ma purché tutto rimanesse confinato nei cabaret, nei circoli privati o nell'eccentrico mondo degli artisti. Portare una simile provocazione in un ambiente istituzionale equivaleva a scatenare una guerra.»

«E allora che accadde?» domandò Jacob Roumann, ansioso.

«Nulla.»

Sembrava deluso. «Come nulla?»

«Dopo quell'esibizione, l'orchestra che aveva suonato il tango si sciolse. Solo più tardi qualcuno affermò di aver avvistato alcuni dei membri mentre suonavano in fumosi locali che animavano le notti parigine.»

«Come a dire che erano stati ingaggiati apposta solo per la sera del Gran ballo, spacciati per musicisti rispettabili.»

«Sì, ma l'indiscrezione non fu mai confermata», liquidò subito, ammiccante, l'italiano.

Jacob Roumann sorrise, complice. Ma era interessato ad altro. «Come fece Guzman a indovinare il nome della ragazza?»

«Questo nessuno l'ha mai saputo.» Il prigioniero sollevò le mani, come per scusarsi. «Guzman non l'ha mai raccontato. Penso che non volesse svelarci il trucco di quella specie di magia. Avrebbe tolto gusto alla storia.»

«E dopo quella sera, Guzman riuscì a farsi amare dalla ragazza?»

«Lui e Isabel furono subito felici», ammise il prigioniero per accontentarlo. «Si amavano, ma non se l'erano mai detto. Lo sapevano e basta. Lei aveva cominciato a seguirlo nei suoi stranissimi viaggi, alla ricerca di incredibili montagne. Lassù, lui la osservava, insieme a tutto il resto. E quel *'insieme'* gli sembrava esatto.»

«Le chiese mai di sposarlo? Certo che no», si rispose da solo il medico. «Con il suo aspetto, Guzman non poteva certo ambire a tanto.»

«Cosa vi fa essere così sicuro? Sul Kilimangiaro, Guzman le porse un piccolo scrigno.»

«Un anello?»

«Di più... Una pipa.»

«Una pipa?»

«Per l'esattezza, disse che era una pipa di fidanzamento.»

Jacob Roumann era incredulo. «Adesso, però, mi prendete in giro.»

«No di certo. Le disse: prendi il tabacco, accendilo. Fino a scambiarti con lui il respiro...»

«Fino a scambiarti con lui il respiro», ripeté il dottore a mezza voce, affascinato dalle parole.

Risero.

Ma poi Jacob Roumann tornò improvvisamente serio, come chi ha intuito qualcosa – un temporale in avvicinamento in una bella giornata di primavera. «Non è solo questo. C'è di più, non è vero?»

Il prigioniero trasse un profondo respiro, che aveva il suono di una conferma. «Nonostante il fidanzamento, Guzman e Isabel non si sposarono mai.»

«E perché?»

«Ricordate le tre domande? Quelle con cui è iniziata questa storia? Le ricordate bene?»

«Chi è Guzman? Chi siete voi? E chi era l'uomo che fumava sul *Titanic*?» ripeté diligentemente Jacob Roumann.

«Ora possiamo rispondere alla prima, non vi pare?... Guzman è il fumo che condisce le storie, le montagne fra cui cercare quella a cui assegnare un nome, il sigaro d'argento di un capitano portoghese da accendere prima di morire, e Isabel.» La voce del prigioniero si fece più scura, quasi un sussurro. «Ma chi era l'uomo che fumava sul *Titanic*? E cosa c'entra lui con me, e con Guzman, e con Isabel?»

38

Tra le tante storie che si raccontano sulle ultime ore del grande transatlantico, vi è quella di un uomo che, mentre tutto si inabissava, invece di tentare di salvarsi come gli altri, scese nella sua cabina di prima classe, indossò uno smoking, poi tornò sul ponte e, imperturbabile, cominciò a fumare.

Chi era quell'uomo che, apparentemente, viaggiava da solo?

La storia cominciò a circolare solo dopo qualche tempo. In principio sembrava uno degli innumerevoli racconti sui fantasmi del *Titanic* che piacevano tanto alla gente. Non si capiva se il protagonista era realmente esistito oppure fosse tutta una leggenda.

Un giorno – chissà come e perché –, qualcuno iniziò a fare delle domande. Mettendo insieme le descrizioni e chiedendo ai superstiti di quella notte, venne fuori un nome.

Otto Feuerstein, un commerciante di tessuti in viaggio per affari.

Ebbene: dalla lista dei passeggeri del *Titanic* risultò che, effettivamente, a bordo c'era un Otto Feuerstein. E, alla fine, tutti furono concordi nel sostenere che fosse proprio lui il misterioso uomo che fumava sul ponte.

Così cominciarono a spuntare particolari sempre nuovi. Qualcuno ricordò di averlo incontrato a cena o di aver intrattenuto con lui un'interessante conversazione sulla congiuntura favorevole al mercato dei tessuti.

D'un tratto, Otto Feuerstein si era trasformato da figura misteriosa nell'uomo più popolare della nave. All'improvviso tutti lo conoscevano.

Ma quando si decise di approfondire la faccenda, andando a cercare la famiglia del commerciante che viveva a Dresda, venne fuori una verità diversa, difficile da spiegare, o anche da accettare.

Otto Feuerstein, in realtà, non era mai salito a bordo del transatlantico. Semplicemente perché, due giorni prima che il *Titanic* salpasse, era morto di peritonite.

Chi era allora l'uomo che viaggiava da solo e che, probabilmente, si era spacciato per il commerciante di tessuti?

E che fine ha fatto? È davvero morto? Perché sappiamo anche che la notte del naufragio è stata l'ultima volta in cui qualcuno lo vide. Nessuno ricordava di averlo notato anche dopo – nella calca o in acqua, mentre piangeva, pregava o chiedeva aiuto.

Nessuno.

39

Nello sguardo di Jacob Roumann aleggiava un interrogativo. «Il *Titanic*... È accaduto stanotte, vero? Quattro anni fa. A qualche ora dalla fine del mio compleanno – adesso me lo ricordo.»

Il prigioniero annuì.

«La notizia, però, ci mise un po' a diffondersi e arrivò a Vienna solo tre giorni dopo. Avevo rimosso la data precisa perché collegavo il naufragio al momento in cui avevo appreso della tragedia dal giornale.» Poi fissò l'italiano. Stava per fargli una domanda di cui sospettava già la risposta. «È una strana coincidenza, non trovate?»

Il prigioniero lo fermò. «Prima di arrischiarvi in questo ragionamento, vi prego, lasciatemi finire la storia.»

«In verità, non sono poi così sicuro di voler conoscere la fine... Ho paura che il resto non sarà piacevole. Mi sbaglio?»

Il prigioniero attese qualche secondo. «Mi dareste ancora da fumare?»

Jacob Roumann aveva il presentimento di essere caduto in balia dell'italiano, e ciò non gli piaceva. In lui cresceva la sensazione di essere diventato la pedina inconsapevole di un piano ben congegnato. La storia che il prigioniero gli stava propinando serviva a fargli abbassare le difese e a renderlo malleabile? Ormai non aveva scelta, doveva seguire il flusso e vedere dove l'avrebbe condotto. Iniziò a preparare le sigarette con le ultime cartine. «Fra poco il tabacco finirà e spunterà il sole, dobbiamo sbrigarci.»

«Sono d'accordo», disse l'italiano. E proseguì: «Guzman e Isabel stavano insieme da otto anni. Anche se, come ho detto, non si erano mai sposati. Lei avrebbe voluto, ma lui – memore di ciò che era accaduto ai genitori – rimandava. Isabel per amore era diventata una tabagista. Guzman creava solo per lei nuove miscele di tabacco. Erano in simbiosi perfetta di gusto e di piacere, e ciò gli bastava».

Jacob Roumann aveva capito che si trattava solo di una premessa, per addolcire un po' la cronaca di ciò che era avvenuto dopo. «Quando accadde?»

Il prigioniero s'incupì. «Nel 1908, al ritorno nella città che li aveva fatti incontrare.»

40

Il principe italiano si chiamava Davide, ma a Parigi tutti lo conoscevano come *Davì*. Il collezionista.

Davì vedeva le persone come passatempi. E lui ci giocava, con le persone. Ogni tanto ne sceglieva una nuova, e ci giocava. E il prescelto non aveva nessuna possibilità di sfuggirgli, almeno finché il gioco sarebbe durato.

Per esempio, in un certo periodo intrattenne relazioni amorose con due donne sposate, all'insaputa l'una dell'altra. Stufo di doversi dividere e di assecondarne le pressanti richieste, non solo escogitò un modo per sbarazzarsi di entrambe, ma anche per trarvi divertimento. Fece credere ai rispettivi mariti che la moglie dell'uno fosse l'amante dell'altro. I due si sfidarono in un duello alla pistola in un bosco alla periferia nord di Parigi. I padrini avevano appena finito di accordarsi, e si scoprì che le armi erano sparite. Siccome nessuno dei contendenti voleva ritirarsi per primo – per non passare per il codardo che approfittava della situazione –, combatterono a mani nude. Ovviamente, nessuno dei due riuscì a uccidere l'altro. Stremati dalla fatica, desistettero e decisero di rivalersi sulle rispettive mogli, che da allora divennero incredibilmente fedeli.

Davì era figlio unico di un nobile fiorentino che l'aveva avuto in tarda età. Si malignava che il padre pur di assicurarsi un erede avesse ingravidato una serva, o che la serva avesse sedotto il padrone per farsi mettere incinta. Davì non faceva nulla per smentire tali voci. Anzi, le alimentava e ci provava gusto. «Sono il frutto di un tranello», diceva di sé. «O forse il risultato della buona azione di una brava donna nei confronti di un vecchio già pronto per l'inferno.»

Davì non aveva mai combinato nulla nei suoi trent'anni e poco più di vita. L'unico motivo di preoccupazione era come sperperare l'ingente eredità paterna. Un modo era scovare a Montmartre pittori o scultori, poeti e romanzieri da finanziare. Possedeva un gran fiuto – gli bastava leggere in un trafiletto di giornale una critica positiva o sentire ripetere più d'una volta il nome di uno di quegli artisti squattrinati nell'ambiente signorile. Appena aveva l'intuizione che in uno di loro potesse nascondersi un genio, si presentava da lui e gli proponeva un'indecente somma di danaro perché non producesse più le proprie opere.

«Sono un mecenate!» affermava, spavaldo. «Io salvo il mondo dalla bugia dell'arte!»

Davì poteva fare affidamento su un fascino selvatico che si accompagnava a un innato magnetismo. Aveva l'abilità di conquistarsi il favore delle donne. Gli altri uomini non entravano in competizione con lui, anzi, facevano a gara per accattivarsi la sua amicizia. Ma il talento principale di Davì era riuscire a farsi perdonare qualunque eccesso.

Ai parigini piaceva l'aria da guascone del principe italiano. Era un aristocratico ma anche un rivoluzionario – e si sa, i francesi hanno un debole per le rivoluzioni. Lo spirito contraddittorio era la ragione del suo successo.

Frequentava con la stessa sfacciata tranquillità l'élite

e i bassifondi. Con lui, tutto finiva irrimediabilmente in una rissa o in uno scandalo. Le sue gesta producevano clamore. Non si accontentava di essere una moda passeggera, la momentanea distrazione di ricchi tediati dalla loro stessa ricchezza. Una volta, per scioccarli, si presentò all'Opéra con una bellissima donna gitana che indossava il suo costume tradizionale.

Davì *desiderava*.

Collezionava persone. O parti di loro. Sentimenti, questo voleva. Li scatenava negli altri. E poi se ne appropriava. E così la loro collera diventava la sua collera. Il loro affetto, il suo affetto. Il loro stupore, la sua forza. Come fossero cose, non esseri umani.

Ma, nel 1908, Davì trovò un nuovo oggetto da desiderare.

Un oggetto dal nome di donna.

La donna più bella che Guzman avesse mai visto.

41

Davì conosceva Guzman da molti anni. Si erano incontrati per la prima volta a Capri, nella villa di un comune amico – un nobile napoletano con la passione per i cavalli.

Una sera, dopo cena, Guzman deliziò gli ospiti con una storia su un vulcano sottomarino che si troverebbe nel centro del Mediterraneo e che, una volta ogni cento anni, erutta facendo affiorare un'isoletta che rimane in superficie per qualche mese, prima di sprofondare nuovamente a causa di violenti terremoti.

«In passato, i naviganti che l'avvistavano pensavano si trattasse del purgatorio», affermò Guzman, avvolto dal fumo di un magnifico «puro» cubano che lo faceva somigliare a uno spirito in pena.

Davì provò subito un grande affetto per quell'uomo che, a differenza di quelli che lo circondavano, non si affannava per cercare il consenso ipocrita degli altri. Guzman provava piacere nell'essere piacevole. Per questo Davì lo elesse come suo unico amico.

Compirono insieme alcuni viaggi in cerca di montagne esotiche e sconosciute, durante i quali Davì si comportava come un discepolo, mettendo da parte gli eccessi e il carattere esuberante, e diventando incredibilmente docile e disponibile ad apprendere.

Poi, per un lungo periodo, le loro strade si separarono. Ma quando Guzman fece ritorno a Parigi insieme a

Isabel, nel 1908, Davì era in città da qualche mese e aveva già avuto modo di crearsi una pessima fama.

Concordarono un incontro per rivangare i vecchi tempi.

Davì aveva sentito che l'amico aveva un amore e alcuni gli avevano raccontato la storia del Gran ballo dell'Ambasciata di Spagna di otto anni prima. Ma non aveva mai visto Isabel.

Quando Guzman gliela presentò, non riuscì ad aprire bocca. Si rese conto che, se rimaneva ancora un po' in silenzio, avrebbe fatto certamente la figura dello stupido. Ma non gli era mai capitato d'essere spiazzato. Proprio lui che era abituato a provocare quell'effetto negli altri.

Isabel era una magnifica ribelle, una fiera che non si lasciava domare, senza padroni e, proprio per questo, bisognava costantemente conquistare le sue attenzioni.

Era di spirito, oltre che attraente. Aveva la battuta pronta e molta iniziativa. Era curiosa e imprevedibile, non c'era nulla che la scoraggiasse. Il suo sorriso spuntava all'improvviso, come il sole che non ti aspetti in una giornata di pioggia. Era spontanea laddove le altre donne avrebbero ragionato accuratamente – come togliersi le scarpe per arrampicarsi su uno spuntone di roccia su cui ha avvistato dei fiori di rododendro, o decidere di mettersi a dipingere, o fumare in pubblico.

Quella donna, magnifica presenza, quell'angelo con quel... *coso*, pensava Davì. Quell'uomo dalle mani gialle, con l'alito pesante, simpatico sì, buon parlatore, ma orrendo!

Per quanto volesse bene a Guzman, era incapace di trattenere il disprezzo. La verità, però, era un'altra. Davì cercava di mascherare a se stesso il fatto che si era innamorato immediatamente di Isabel.

Più che un'ingiustizia per gli occhi, la coppia era un affronto a sentimenti che non aveva mai provato. Ciò che nutriva per lei lo stava annientando. L'odio per Guzman gli sembrava il solo modo per non farsi sovrerchiare – come un animale in gabbia che non si rassegna ad aver perso la libertà e, perciò, continua a dibattersi, anche se in fondo sa che è inutile.

Iniziò a frequentare la coppia con costanza. Li si vedeva sempre in tre – all'opera, a cena nei bistrot, a teatro o nei musei. Davì non riusciva a fare a meno di stare vicino a Isabel, ma per questo doveva sopportare la vista di lei insieme a Guzman. Era lacerante.

Dopo qualche tempo, capì che doveva fare qualcosa. Perché andare avanti così non era più possibile.

Cominciò a mandarle dei segnali. Dapprima discreti – piccole galanterie per saggiare il terreno. Poi sempre più chiari – il dono di un quadro che lei aveva notato in una galleria, uno sguardo prolungato, l'accidentale sfiorarsi delle mani.

Lei non coglieva quei richiami, o fingeva di non coglierli, ma per Davì non faceva differenza. Perché più era costretto a insistere, più aumentava la sua determinazione. Isabel non dava l'impressione che le sue attenzioni la infastidissero, e per lui era già un segno.

Ma poi Isabel, in sua presenza, si gettava fra le braccia di Guzman e lo colmava d'affetto, come una ragazzina innamorata. E allora Davì provava la brusca sensazione di essere di troppo e di aver sperato inutilmente.

Le accortezze si rivelavano inefficaci. I messaggi che le mandava, sperando che si creasse un codice soltanto per loro, erano inutili richiami al vento. Doveva escogitare qualcos'altro. Aveva bisogno di capire quale fosse il punto debole del legame con Guzman. Non li vedeva mai discutere o litigare, erano in sintonia su tutto.

Ma poi accadde.

Durante una gita sulle Alpi svizzere. Erano in un rifugio, cercando riparo da un brutto temporale, lieti di potersi rintanare accanto a un fuoco, a ridere e a bere e a fumare. Era uno dei pochi momenti di serenità in cui Davì si accontentava di starle vicino e riusciva a godersi la compagnia di Guzman senza invidia, come un tempo.

La porta della baita si spalancò ed entrarono in quattro, una coppia e due bambini. Il chiasso festoso che facevano attirò la loro attenzione. Per lui e Guzman fu un attimo e poi ripresero a chiacchierare. Invece Isabel indugiò sul quadretto familiare. E Davì colse un'ombra di tristezza nel suo sguardo.

Ecco che cosa voleva Isabel e non poteva avere.

E in quel momento, Davì fu sicuro di aver scovato un modo per separarli.

42

Si recò da uno dei pittori che foraggiava perché restasse inerte – in quel frangente, Davì si sentì stupido per aver escogitato un'impresa del genere –, e gli commissionò un ritratto.

Fu molto preciso nelle indicazioni. Voleva il volto di un bambino – tenero, dallo sguardo limpido. Soprattutto, pretese che somigliasse a Isabel.

«Non dovrà trattarsi di qualcosa di smaccato. Voglio una vicinanza che solo una madre riesca a percepire. Come un richiamo del sangue.»

Quando l'opera fu terminata, Davì la portò da Guzman e gliene fece dono. La stavano appunto ammirando nel salone quando Isabel entrò con il tè.

Impiegò qualche secondo ad accorgersi del quadro. Ma quando accadde, si concesse una lunga occhiata silenziosa, occhi negli occhi, con quel bambino.

Davì era soddisfatto, si erano riconosciuti.

Guzman non notò il turbamento nell'espressione dell'amata. E non diede peso al fatto che, depositato il vassoio, Isabel si congedò senza una parola – ma a Davì parve più una fuga precipitosa.

Al termine del pomeriggio, se ne andò soddisfatto. Aveva piazzato una presenza fra loro. Era riuscito ad alimentare la paura di Isabel – non riuscire a essere madre. Da quel momento in poi, il ritratto del bambino l'avrebbe tormentata, ma lei non sarebbe riuscita lo stesso a disfarsene – ne era sicuro –, così come non ci si può sbarazzare di un figlio.

Nei giorni che seguirono, la vide inquieta. Il sorriso era forzato, la mente spesso rapita da qualcos'altro.

Davì cominciò a coprirla di piccole attenzioni. Voleva che avvertisse la sua presenza, ma anche il fatto che lui aveva capito che le stava accadendo qualcosa. Isabel aveva bisogno di un conforto estraneo, proprio perché la ragione della sua tristezza risiedeva nell'unione con Guzman. Tanto comunque lui non si rendeva conto di nulla, era troppo ingenuo o forse poco esperto in fatto di donne. Davì invece sapeva bene ciò che stava accadendo: Isabel lo stava facendo entrare in segreto in una parte profonda di sé. La chiave per accedervi era la giustificazione che usano tutti, uomini e donne. Cioè, che non c'è niente di male.

Se le faccio credere che non è peccato, né un reato accettare la cura di qualcuno, allora sarà fatta, si ripeteva Davì.

Sapeva che era solo questione di tempo. Che, prima o poi, il desiderio irrealizzabile avrebbe eroso dall'interno il rapporto tra Isabel e Guzman, come un nido di termiti.

Ma non fu il tempo l'artefice. Né furono il nuovo bisogno di Isabel o le premure di Davì a cambiare per sempre tutto quanto.

Ci pensò Guzman – improvvisamente, inaspettatamente.

43

Ci sono giorni in cui, al mattino, la nebbia copre tutto. Appare, e tutto torna a non esistere, o va alla deriva, disperso. Tutto.

La nebbia sopra alle cose. Dentro la nebbia la vita riposa.

C'era una coltre bianchissima il giorno in cui Guzman decise di partire. Senza preavviso e senza Isabel. Ed era la prima volta, da quando si erano incontrati, che si separavano per più di qualche ora.

C'era la nebbia in quel mattino, e una pioggerellina sottile, quasi invisibile.

Guzman svegliò Isabel con un bacio sulla fronte, leggero. Le prese la mano e le disse che sarebbe stato via solo una settimana. Lei gli sorrise a stento, lo accarezzò e non gli chiese nulla. Ma notò subito i suoi occhi insinceri.

Poi si avvicinò alla finestra, perché voleva salutarlo ancora, mentre andava. Finché la nebbia non l'avesse ingoiato.

Così, l'uomo del fumo sparì – mentre il mondo, intorno, fumava.

La cappa lattiginosa rimase per l'intera settimana, al termine della quale Guzman non fece ritorno, contrariamente a quanto aveva promesso.

Al suo posto arrivò un biglietto. Era per Davì. C'era scritta solo una parola.

Una parola sola.
Davì non disse nulla a Isabel. Ma il mattino dopo lei guardò fuori dalla finestra. La nebbia era passata. Allora capì che Guzman non sarebbe tornato.

44

«Come suo padre», disse Jacob Roumann, «anche Guzman ha abbandonato la donna che amava.»

«Solo che, a differenza della madre di Guzman, Isabel non decise d'inseguire il proprio uomo per mezza Europa.»

«Non si rividero mai più? È questo che state cercando di dirmi?»

«Mai più», confermò il prigioniero.

E a Jacob Roumann quel destino sembrò infinitamente triste, come se l'avesse subito lui stesso. Poi rifletté. In effetti, era così. Anche lui era stato abbandonato dalla moglie. Fino a qualche tempo prima, erano solo la guerra o la possibilità che lui morisse al fronte a separarli. Ma da quando aveva scoperto che Anya amava un altro, era cambiata la prospettiva. Non era più tanto sicuro che si sarebbero riparlati. Non ci aveva pensato fino a quel momento. In fondo, che motivo avevano? Le cose che erano state dette bastavano a definire per sempre la faccenda.

Più che essere stato abbandonato, era il fatto che non l'avrebbe mai rivista a fargli male.

«Non riesco ad accettare che certe cose siano definitive», confidò il dottore. «Non saprei, è più forte di me. Spero sempre ci sia un'appendice, del tempo per rimediare o cambiare.»

Il prigioniero tirò l'ultima boccata alla sigaretta.

«Anche quando ci sembra che siano terminate, le storie continuano in segreto. Magari a nostra insaputa. Scorrono come fiumi sotterranei. Poi, all'improvviso, riaffiorano in superficie nella nostra vita.»

«Allora non è così che finisce la storia di Guzman?»

«C'è ancora una piccola parte da raccontare.»

Jacob Roumann guardò l'ora. «Sì, ma dobbiamo sbrigarci.»

45

Non una parola. In tre anni, Davì non disse neanche un parola sul biglietto che Guzman gli aveva mandato dopo essere sparito. E Isabel, nei tre anni che seguirono, non gli chiese nulla.

Allora Davì – il collezionista – cominciò a collezionare Isabel. Un giorno un pensiero, un giorno un ricordo. Le sue mani. Il suo sorriso. Un po' alla volta, senza fretta.

In certi momenti, aveva l'impressione che Guzman li osservasse a distanza, di nascosto. Ma non ne ebbe mai la prova.

Era il dicembre del 1911 quando Isabel decise di partire per l'America. Davì l'aveva incoraggiata ad andare. «Per una nuova vita», aveva detto. Lui l'avrebbe raggiunta dopo, forse ad aprile. E in quella nuova terra – lontano – le avrebbe chiesto di sposarlo.

La sera prima di partire, Isabel, nel buio silenzioso di un'enorme casa, si presentò allo sguardo di Davì vestita solo di se stessa. Gli disse di sì tre volte prima di baciarlo – sì per il presente, sì per il futuro, sì per il silenzio sul passato.

Poi, gli fece una domanda.

Davì aveva capito, c'era solo una cosa che non avrebbe mai potuto avere da Isabel. E non era il suo amore. Lo aveva già. Era il suo dolore. E non sarebbero bastati quattro mesi di lontananza.

Lui lo capì allora, dopo quella domanda – banale, normale.

«Davì, cosa c'è sul biglietto?»

«Un nome.»

«Che nome?»

«Quello che Guzman aveva scelto per una montagna senza nome, se mai l'avesse trovata.»

«Qual è il nome?»

«Isabel», disse Jacob Roumann.

E il prigioniero annuì. «L'aspetto singolare della vicenda è che per Guzman la difficoltà non risiedesse nel fatto di trovare una montagna a cui dare un nome, bensì nel trovare il nome giusto da dare a una montagna.»

«E Isabel partì per l'America?»

«Con una nave da Le Havre, il 31 dicembre del 1911.»

«E quattro mesi dopo, Davì per raggiungerla s'imbarcò sul *Titanic*, vero?»

Il prigioniero disse solamente: «Sì».

Rimasero in silenzio per un po', perché i pensieri in quel momento non avevano bisogno di parole.

Fu ancora Jacob Roumann a spezzare l'attesa. «Avevate considerato ogni cosa fin dall'inizio. Ieri era il 14 aprile, oggi è il 15, questa è la notte del quarto anniversario del naufragio. Mi avete raccontato la vostra storia solo perché vi ho detto che era il mio compleanno. Altrimenti avreste taciuto anche con me.»

«Mi è sembrata un'allettante coincidenza, non vi pare?»

«E avete scelto questo posto, il monte Fumo, per venire a morire... Tutto combacia, come in una storia perfetta.»

«Ma non esistono storie perfette, e di solito in guerra non si possono fare scelte», affermò tranquillamente il prigioniero. Poi si sporse in avanti, in modo che Jacob Roumann potesse guardarlo in volto. «Ho collezionato più vite io di quante voi possiate immaginarne. E adesso, perdere la mia, *scegliendo* di morire in mezzo a tutta questa morte, era un'ironia che non potevo sprecare.»

«Allora è deciso, vi farete fucilare.» Jacob Roumann non lo domandò, lo disse. Era deluso e arrabbiato. «A che scopo allora la storia che mi avete raccontato?»

«Io sono l'ultimo aedo!» ironizzò, puntando un dito al cielo.

«Però finora non mi avete detto come avete conosciuto Guzman...» Lasciò che l'allusione aleggiasse fra loro.

Il prigioniero sbuffò un lieve sorriso e resse lo sguardo del medico. Poi s'infilò una mano in tasca. «Adesso ci serve del fumo lento.» Prese un sigaro che teneva da parte. «No, non è quello di Rabes, non è avvolto in carta d'argento», affermò allegramente. «Ma quassù fa lo stesso.» Lo spezzò e ne porse una metà a Jacob Roumann.

Il medico tentennò davanti all'offerta.

L'italiano si fece serio. «Siete l'unico amico che mi resta, dottore. Non fatemi questo, vi prego.»

Jacob Roumann accettò. Il prigioniero, con una serie di gesti – precisi, eleganti, poetici –, si preparò a fumare. Umettò le labbra, accordò le dita intorno al sigaro. Quindi sfregò l'ultimo fiammifero sulla roccia. Lo condusse, al riparo delle mani, fino alla punta nuda. Aspirò voluttuosamente la piccola fiamma attraverso il tabacco. Poi lo cedette a Jacob Roumann. «In un tempo remoto e ancestrale, gli uomini per dimostrarsi amicizia si scambiavano il fuoco.»

Il medico ripeté pedissequamente i gesti del piacere. La guerra, in quel momento, pareva lontanissima. E due uomini che avrebbero dovuto essere nemici sembravano invece conoscersi da un'eternità.

«Cosa volete esattamente da me? Perché ho compreso che fin dall'inizio voi avevate un piano...»

Erano giunti al fulcro della questione. C'era stato un disegno e adesso anche Jacob Roumann sarebbe stato chiamato a farne parte.

«Siete pronto a diventare un nuovo protagonista di questa storia?» chiese l'italiano. E gli mostrò una cosa che teneva nascosta in una tasca interna della giubba.

Una lettera.

«È per Isabel?»

«Gliela farete avere, vero? Altrimenti questi mesi di ferocia, e la mia vita stessa, e forse anche la mia morte, non avranno senso.»

Jacob Roumann prese la busta dalle mani dell'italiano. La osservò. La carta era ingiallita, doveva essere stata scritta tempo prima. «Se sopravvivrò, andrò in America e troverò Isabel. Avete la mia parola.»

«Non l'ho firmata, per cui è inutile che cerchiate il mio nome lì sopra.»

«Perciò non terrete fede alla promessa, non mi direte come vi chiamate...»

Il prigioniero sorrise. «Voi lo sapete già, dottore.»

La tenda che copriva l'ingresso della grotta si aprì. Erano venuti a prendere il prigioniero. Il sergente guardò Jacob Roumann per conoscere il responso. Il dottore scosse il capo, poi lo abbassò.

«Il tabacco è finito», disse l'italiano mentre si rimetteva in piedi. «È ora di andare.»

Jacob Roumann prese l'agenda dalla copertina nera

e cercò il fiore di carta fra le pagine. Poi, con una graffetta, appuntò l'orchidea sulla giubba del prigioniero. «Al posto dei gradi», disse.

L'italiano gli tese la mano. Nel breve tempo di quella stretta, si guardarono negli occhi. Era trascorsa soltanto una notte, ma sembrava una vita intera.

«Addio, dottore.»

«Addio, Davì.»

47

Il 6 maggio del 1937, New York stava col naso all'insù. Era un giovedì e tutti aspettavano il passaggio del grande dirigibile, annunciato per il pomeriggio.

Jacob Roumann era il solo che guardasse in basso, verso l'indirizzo sul biglietto che aveva in mano. L'Hindenburg era partito da Francoforte settantadue ore prima, lui invece era arrivato dopo aver viaggiato per una settimana in nave. Ma era in città da cinque giorni ormai.

Aveva chiesto al tassista di scaricarlo a un paio di isolati dalla destinazione, perché voleva proseguire a piedi. Aveva avuto a disposizione ventun anni per pensarci, eppure adesso sentiva ancora il bisogno di schiarirsi le idee. Erano appena le otto e trenta del mattino ma faceva già caldo. Si tolse giacca e cappello, si passò una mano fra i capelli biondi che stavano ingrigendo in fretta, e s'incamminò lungo Madison Avenue.

Era giunto fin lì dopo un lungo viaggio, anche nel tempo. Cosa l'aveva spinto? In fondo non sapeva se la storia che gli aveva raccontato Davì – e che il prigioniero attribuiva a Guzman – fosse vera o falsa. Madame Li, Dardamel, Rabes, Eva Mòlnar, Guzman stesso – potevano non essere mai esistiti, e Jacob Roumann non avrebbe mai potuto appurarlo. Così come le montagne cantanti della Cina, la pioggia di sapone di Marsiglia e il tango sacrilego suonato all'Ambasciata di Spagna da un'orchestra poi svanita nel nulla.

Per quanto ne sapeva, poteva essere l'estremo, funambolico inganno di un principe italiano noto per le sue imprese burlesche. E lui la sua ultima, inconsapevole, sciocca vittima.

Solo un fatto era riuscito ad appurare con certezza in tutti quegli anni.

Otto Feuerstein era esistito veramente. E risultava sulla lista dei passeggeri del *Titanic*, anche se non si era mai imbarcato per via di una fatale peritonite a due giorni dalla partenza. Ed era riferita a lui la famosa leggenda dell'uomo che fumava sul ponte mentre la nave affondava.

Jacob Roumann si fermò al centro del marciapiede di Madison Avenue per tergersi la fronte sudata con il fazzoletto. Ci sono quasi, si disse.

Appena messo piede a New York, aveva chiamato il numero di telefono scovato grazie al centralino. Gli aveva risposto una domestica e lui si era premurato di dirle il proprio nome, aggiungendo soltanto: «Sono un amico di Guzman». La donna gli aveva assicurato che avrebbe riferito il messaggio ai padroni di casa. Jacob Roumann si aspettava di poter parlare subito con la persona interessata, ma si era accontentato di comunicare il recapito del piccolo albergo dove soggiornava, a Brooklyn.

Aveva aspettato cinque giorni che lo ricontattassero, senza muoversi dalla stanza, fumando per tutto il tempo. Stava quasi per abbandonare e tornarsene indietro, a Vienna. Ma poi, quel mattino poco dopo le sette, il proprietario dell'albergo aveva bussato alla sua porta dicendo che di sotto l'attendeva una chiamata.

Jacob Roumann si era precipitato a rispondere. Per ventun anni aveva immaginato il volto di quella donna, ma mai la sua voce.

«Il dottor Roumann?»

«Sì, signora.»

«Sono Isabel Scott Phillips.»

Si era presentata con il nome da sposata, e quel dettaglio non era sfuggito a Jacob Roumann. Poi la donna gli aveva rivolto una strana domanda, di cui non aveva colto esattamente la ragione.

«È sicuro di volermi incontrare?»

Jacob Roumann immaginava che sarebbe stata lei ad avere delle remore. Spiazzato, le aveva risposto semplicemente di sì.

«Allora le do l'indirizzo, l'aspetto fra un'ora.» Poi Isabel aveva riattaccato.

E adesso, sul marciapiede di fronte a quel bel palazzo di Manhattan, lui cercava di ricordare che tono avesse durante la telefonata. Era seccata, oppure triste? Gli era sembrata fredda. In effetti, dopo che lei gli aveva domandato se era sicuro, non era più tanto certo che fosse la cosa giusta da fare. Ma dopo tutta quella strada, ora non poteva voltarsi e andarsene.

E poi aveva fatto una promessa. E come diceva sua moglie, le promesse fanno pesare il cuore.

48

Era la casa di persone abbienti. Jacob Roumann, in piedi nell'ingresso, stringeva il cappello tra le mani e si guardava intorno – l'arredamento déco, i pavimenti di marmo chiaro, l'argenteria, i quadri alle pareti. Un maggiordomo lo introdusse in un salone in cui il colore dominante era il verde. Lo invitò ad accomodarsi sul divano e si congedò.

Il medico trascorse alcuni minuti in compagnia del ticchettio di un orologio a muro. Poi la porta si aprì nuovamente e lui si alzò dal suo posto. Apparve una donna. Portava i capelli corti, alla moda, venati di bianco, come fosse un vezzo non averli tinti. Aveva un fisico longilineo, la carnagione ambrata. Nella fantasia di Jacob Roumann non aveva cinquantasette anni, perché fino a quel momento era ancora una ragazza, come nella storia che gli era stata raccontata. Gli occhi lo colpirono: erano ancora giovani, nerissimi, e con un taglio che avrebbe detto arabeggiante. Li puntò subito su di lui, poi gli tese la mano.

«Mi dispiace che abbia dovuto aspettare così tanto che la richiamassi», si scusò Isabel Scott Phillips.

«Non si scusi, la prego. Sono io in ritardo di ventun anni», le rispose Jacob Roumann.

«Suppongo che non sia stata un'impresa facile rintracciarmi.»

«Non è stato solo quello. Sono un medico di campagna, non molto ricco, e non mi è possibile viaggiare.» Non disse che gli era costato dieci anni di dure economie. «E poi, di questi tempi, non è facile lasciare l'Austria.»

«Capisco.» Isabel gli indicò nuovamente il divano e sedette su una poltrona di fronte a lui.

«Mi rendo conto di essere piombato nella sua vita senza preavviso, rievocando ricordi che forse non sono piacevoli. Non volevo mettere a disagio lei o suo marito, mi creda.»

«George è fuori città. Ha accompagnato la nostra terzogenita a un concorso ippico, è una patita di cavalli.»

Aveva dei figli, si compiacque Jacob Roumann, così come Isabel desiderava quando stava con Guzman.

«È stato mio marito a spingermi a incontrarla da sola. George è un brav'uomo.»

Jacob Roumann comprendeva, non è mai facile affrontare il passato. «Forse è il caso che le dica prima chi sono, poi cosa ci faccio qui.»

«Va bene», disse soltanto Isabel, predisponendosi all'ascolto, ma senza ansia.

Nell'ora successiva le raccontò cos'era accaduto la notte fra il 14 e il 15 aprile del 1916 sul monte Fumo, la storia che Davì aveva riversato nella sua memoria. Lei seguì ogni passaggio in silenzio, tenendo le mani in grembo e senza scomporsi, annuendo di tanto in tanto. Il racconto non sortiva effetti evidenti su di lei, ma Jacob Roumann si accorse che ogni volta che pronunciava il nome di uno dei protagonisti, in Isabel cambiava qualcosa. Era quasi impercettibile, ma succedeva.

Le spiegò com'era morto Davì. La fucilazione era avvenuta di fronte al ghiacciaio perenne. Mentre lo conducevano davanti al plotone d'esecuzione insieme ai compagni alpini, l'ufficiale italiano che si era rifiutato di rivelare nome e grado sembrava quasi contento di ritrovare la sua amica morte, dopo la notte del loro primo incontro sul *Titanic*. Nel tempo necessario a caricare i fucili, Davì recuperò per pochi secondi la spavalderia del principe guascone e gli urlò: «Questa la metta nella sua agenda, dottore. Come prima voce della pagina del 15 aprile. Perché dal primo morituro di oggi riceverà il più bell'inizio di poesia che si possa immaginare... *Ore 6.24. Soldato senza nome: 'Per sempre forse'*».

Al termine del racconto, Jacob Roumann prese dalla tasca della giacca la lettera del prigioniero. Isabel non si sporse per alleggerire la sua mano. Così il dottore la posò sul tavolino fra loro, a metà strada.

Lei osservò la busta. «Perché è venuto fin qui, dottor Roumann? E non mi risponda che è stato solo per recapitarmi questa.»

«Era per caso il senso della domanda che mi ha posto stamattina per telefono, se davvero ero intenzionato a incontrarla?»

«Ci sono persone che vogliono la verità, altre che preferiscono immaginarla. A quale categoria appartiene, dottor Roumann? Lei è qui perché vuole una risposta, non è così?» Isabel lo guardava come se potesse leggergli dentro. «Vuole sapere se la storia su cui si è interrogato per ventun anni, e che l'ha condotta fino a qui, è reale.» Indicò la lettera con il capo. «La risposta potrebbe essere là dentro, e lei non l'ha neanche sbirciata per sapere se valeva o meno la pena fare tutta la strada e lo sforzo per venire a portarmela? Non posso crederci...»

Jacob Roumann tacque.

«Chissà quante volte, per esempio, si sarà domandato se i fatti al Gran ballo dell'Ambasciata di Spagna sono andati proprio come glieli hanno narrati... Sa come fece Guzman a scoprire il mio nome prima di tutti gli altri?»

«Davì disse che neanche lui lo sapeva, che era uno dei pochi segreti che Guzman custodiva gelosamente.»

«Semplicemente, secondo Guzman la storia non era abbastanza affascinante da meritare d'essere raccontata... Mi fece spiare da uno della servitù, ecco come fece. Guzman comprò il mio nome, è tutto qui il mistero.» Lo disse con una nota rabbiosa nella voce. «E il fatto che ripetesse che l'aveva scelto per darlo a una montagna era solo un modo per compensare tanta banalità.» Poi emise un doloroso sospiro. «Nonostante tutto, a Guzman sarà sempre legato il ricordo dell'amore che fa tacere tutti gli altri. Lui era il mio vento.»

Era la sintesi perfetta, pensò Jacob Roumann. Invece lui non era mai stato il vento di nessuna, e se ne rammaricò.

«Mi hanno abbandonato entrambi, Guzman e Davì.» Isabel scosse il capo e sorrise tristemente. «Mi hanno abbandonato entrambi e io non ho mai saputo il perché.»

Jacob Roumann avvertì il bisogno di dire qualcosa. «Non è necessaria una ragione. Mia moglie mi ha lasciato per un altro, eppure so che mi ha amato.» Fece una pausa. «Non sono fra quelli che pensano che il dolore sia un pegno. Che tutto quello che ricevi hai il diritto di restituirlo.»

«Scommetto che ciò che la ferisce ancora è che lei non le abbia mai chiesto di perdonarla.»

«No, non è questo.» Jacob Roumann scosse il capo. «Non mi ha mai detto addio.»

Isabel si alzò dal suo posto, andò a sedersi accanto a lui, gli prese le mani. «Mi dispiace.»

«E perché dovrebbe?» sorrise il medico. «L'ha detto lei poco fa: ci sono persone che vogliono la verità, altre che preferiscono immaginarla. E nel mio caso la verità è che tutto finisce, anche l'amore. È insano rimanere innamorati di un ricordo.» Poi guardò Isabel. «Ma avrei voluto lo stesso avere una lettera come la sua.»

Lei abbassò gli occhi sulla busta, in colpa.

Jacob Roumann le lasciò le mani e si alzò per congedarsi. «Sono contento di essere riuscito a parlarle. In fondo, sono solo sopravvissuto a una guerra per venire qui.» I suoi gesti esprimevano riconoscenza e tenerezza. «Ma adesso devo ripartire.»

«Non ha pensato di rimanere invece? L'America è un paese accogliente.»

Jacob Roumann sapeva a cosa si riferiva, ma il suo vecchio cuore ebreo aveva una risposta anche per questo. «Presto in Europa ci sarà un altro conflitto. L'odio è come il vapore, non puoi trattenerlo, prima o poi esplode, anche se qualcuno pensa che in fondo sia solo acqua. Ma il mio posto è fra i pazienti del mio villaggio – i bambini con le ginocchia sbucciate, le donne incinte, i vecchi con i reumatismi. Ho scoperto un nuovo modo per curarli, e lo conosco solo io, questo è il problema.»

«Che modo sarebbe?»

«Racconto le avventure di Eva Mòlnar. E funzionano, funzionano sempre... Non l'ha capito? Io sono l'ultimo aedo!» ironizzò, puntando il dito al cielo. Perché voleva evitare di dirle la verità. Cioè, che aveva un altro compito da portare a termine: la donna dei fiori di carta stava aspettando la sua storia. E se lui non fosse arrivato fin lì, dall'altra parte dell'oceano, non sarebbe potuto mai tornare da Anya per raccontargliela.

Isabel parve stupirsi. «E dopo tutti questi anni e ciò che ha passato per recapitarmela, non vuole conoscere il contenuto della lettera?»

«La verità non fa per me», le disse Jacob Roumann, serenamente. «Però mi piace immaginarla.»

Cara Isabel, Isabel cara,

questa lettera ti ha trovata perché io non ci sono più. Ma la morte di un giorno è già passata. E queste poche righe ora sono tutto ciò che rimane di me.

Diranno che sono venuto in guerra per riscattare una vita priva d'onore. Ma non sarà la verità. Sono qui per cercare la morte. Perché chi l'ha guardata negli occhi – come me, in mezzo all'oceano – non può più fare a meno di sfidarla. È una cosa strana: da una parte c'è il sollievo per averla scampata, dall'altra il desiderio di avvicinarla. Chi non l'ha provato non può capire.

Ma è giusto che tu sappia, che tu conosca una verità che non immagini. Avrei dovuto parlartene. Ma non ho saputo, non ho voluto. Mi è mancato il coraggio.

Guzman stava morendo.

Lui non poteva dirtelo. Non poteva. «Tutto solo una volta. Una volta sola», ricordi? Lui avrebbe dovuto dirti addio ogni giorno. Ha preferito farlo in un'unica occasione.

Una parola su un biglietto. Un nome. Lui l'aveva scelto... L'aveva scelto, capisci? Perché Guzman non aveva mai dato un nome a una montagna.

E per lui esisteva soltanto un nome. Il tuo.

Eppure manca ancora qualcosa. Non ti pare? Voglio dire: cosa c'è di più definitivo della morte? Però manca un particolare. Un dettaglio che ci riscatti, che ci salvi tutti. Manca un gesto. Una cosa piccola. Ma importante. Come fumare.

Questa è la verità. Finalmente. Spero che qualcuno mi perdoni. Prima, però, un'ultima cosa.

Io ho rivisto Guzman.

Sì, l'ho rivisto in una notte di stelle nell'aprile del 1912. La sorte ci aveva messi entrambi su un'enorme nave d'acciaio dal nome grottesco, una nave al suo primo viaggio, dall'Inghilterra all'America, quello che non sarebbe mai riuscita a finire.

E forse lui lo immaginava.

Quando per caso scoprii che era a bordo, pensai che avesse saputo dov'eri e che volesse raggiungerti. Quando lo vidi, però – quando vidi il suo stato –, capii che non era così.

Gli mancava poco. E lo sapeva.

E io allora mi chiesi come mai fosse venuto a morire così lontano dalle sue montagne, in mezzo al mare.

La risposta la ebbi mentre tutto si inabissava.

Vidi un uomo sul ponte – elegante, immobile, incurante. Fumava.

Aveva fra le dita il sigaro di Rabes e guardava qualcosa dritto davanti a sé. Da come lo ammirava sembrava che lo avesse aspettato, che lo avesse cercato.

Ho immaginato che l'anima di Guzman fosse in quell'ultima nuvola di fumo, che la seguiva, e che poi lo guardava dall'alto e lo riconosceva.

Un uomo di spalle, la mano in tasca – senza paura, senza pensieri, finalmente contento. Con un sigaro d'argento da baciare. E una montagna di ghiaccio da battezzare.

Nota dell'autore

La prima volta che ho sentito la storia di Otto Feuerstein mi sono detto che sarebbe stata perfetta per un thriller. Mi sbagliavo. Perché questo è un *noir*.

Inutile aggiungere che, superati i cento anni dal naufragio del *Titanic*, nessuno ha ancora risolto il mistero dell'identità dell'uomo che fumava sul ponte del transatlantico.

La storia con cui ho cercato di dare una risposta all'enigma, prima di diventare un romanzo, ha avuto molte vite. È stata un monologo musicale per il teatro, con la magnifica colonna sonora composta da Vito Lo Re. Un soggetto cinematografico. Un racconto durante una lunga notte in mare. Una dichiarazione d'amore.

Anche altre vicende che ho inserito fra queste pagine hanno un'origine reale. Ma a parte invitarvi a scoprire cosa accadde a New York il 6 maggio del 1937 o consigliarvi un viaggio in Cina per ascoltare le montagne cantanti, resto fedele alle regole di Guzman e non mi va di svelarvi quanto di vero ci sia in questi piccoli racconti.

L'unica verità che vi concedo riguarda una battaglia sul fronte dolomitico, effettivamente combattuta e vinta dagli italiani contro gli austriaci fra il 12 e il 16 aprile del 1916. Il monte Fumo, perciò, non è una mia invenzione, fu davvero fra i teatri di guerra di quei giorni. La scoperta dell'incredibile coincidenza con l'anniversario dell'affondamento del *Titanic* la devo allo storico Giovanni Liuzzi – nonché mio ottimo professore al liceo. Le eventuali inesattezze, invece, appartengono solo all'allievo.

Per raccontare un piccolo scenario della Grande Guerra, ho dovuto attingere ai racconti e alle memorie dei reduci e dei sopravvissuti. Non sempre è stato piacevole leggere vicende come quella degli ufficiali italiani che, per spingere la truppa ad attaccare e a farsi quasi certamente massacrare, sparavano in testa ad alcuni soldati scegliendoli a caso. Delle guerre rimangono monumenti che celebrano gli eroi, ma forse sarebbe meglio ricordare anche quanti, nell'ombra del conflitto, hanno usato metodi vili e disumani in nome e per conto della Patria.

Mi rendo conto che scrivere una storia sull'arte del fumare in un'epoca di integralismi salutisti mi esponga al pericolo di strali. Perciò ribadisco solennemente che il fumo fa malissimo e che anche il sottoscritto ha smesso da tempo d'intossicarsi con la nicotina. Però rivendico lo stesso il diritto di raccontare personaggi tabagisti convinti, imperterriti avvelenatori di se stessi che se ne infischiano della morte oppure di sembrare politicamente corretti. Perché ciò che nuoce gravemente alla salute dei benpensanti è soprattutto la libertà degli altri.

Infine, come sempre, ringrazio quanti hanno voluto bene a questa storia. Ma stavolta la mia riconoscenza va anche a tutti quelli che, come Guzman, la tramanderanno.

Donato Carrisi

Donato Carrisi
La ragazza nella nebbia

La notte in cui tutto cambia per sempre è una notte
di ghiaccio e nebbia ad Avechot, un paese rintanato
in una valle profonda fra le ombre delle Alpi. Forse è stata
proprio colpa della nebbia se l'auto dell'agente speciale
Vogel è finita in un fosso. Non ricorda perché è lì e come
ci è arrivato. Eppure una cosa è certa: l'agente Vogel
dovrebbe trovarsi da tutt'altra parte, lontano da Avechot.
Infatti, sono ormai passati due mesi da quando
una ragazzina del paese è scomparsa nella nebbia.
Due mesi da quando Vogel si è occupato di quello che,
da semplice caso di allontanamento volontario,
si è trasformato prima in un caso di rapimento e, da lì,
in un colossale caso *mediatico*. Perché è questa la specialità
di Vogel: manovrare i media. Santificare la vittima e,
alla fine, scovare il mostro e sbatterlo in galera. Questo
è il suo gioco, e questa è la sua «firma». Sono passati
due mesi da tutto questo, e l'agente speciale Vogel
dovrebbe essere lontano, ormai, da quelle montagne
inospitali. Ma allora, cosa ci fa ancora lì?
Perché quell'incidente? Ma soprattutto, visto che è illeso,
a chi appartiene il sangue che ha sui vestiti?

LONGANESI

Donato Carrisi
L'ipotesi del male

C'è una sensazione che tutti, prima o poi, abbiamo provato nella nostra vita: il desiderio di scomparire. Ma c'è qualcuno per cui questa non è una sensazione passeggera.
C'è qualcuno che ne viene divorato, inghiottito.
Queste persone spariscono davvero. Spariscono nel buio.
Nessuno sa perché. Nessuno sa che fine fanno.
Ma se d'improvviso queste persone scomparse... tornassero?
E non solo: se tornassero non per riprendere la propria vita, non per riallacciare contatti perduti, non per riannodare
i fili di un'esistenza spezzata... ma tornassero per uccidere?
Mila Vasquez ha i segni del buio sulla propria pelle,
le ferite che il buio le ha inferto hanno segnato per sempre la sua anima. Forse per questo, è la migliore in quello
che fa. E quello che fa è dare la caccia a quelli
che tutti hanno dimenticato: gli scomparsi.
E quando gli scomparsi tornano dal buio per uccidere,
Mila capisce che per fermare il male deve formulare
un'ipotesi convincente, solida, razionale... Un'ipotesi
del male. Ma sa anche che è solo quello: un'ipotesi.
E che per verificarla non c'è che una soluzione:
consegnarsi al buio.

Donato Carrisi
Il tribunale delle anime

Roma è battuta da una pioggia incessante. In un antico caffè, vicino a piazza Navona, due uomini esaminano lo stesso dossier. Una ragazza è scomparsa.
Uno dei due uomini, Clemente, è la guida. L'altro, Marcus, è un cacciatore del buio, addestrato a scovare il male e a svelarne il volto nascosto. Perché c'è un particolare che rende il caso della ragazza scomparsa diverso da ogni altro. Per questo solo lui può salvarla. Ma Marcus è tormentato dai dubbi: come può riuscire nell'impresa a pochi mesi dall'incidente che gli ha fatto perdere la memoria?
Sandra è addestrata a riconoscere i dettagli fuori posto, perché sa che è in essi che si annida la morte. Sandra è una fotorilevatrice della Scientifica e il suo lavoro è fotografare i luoghi in cui è avvenuto un fatto di sangue. Il suo sguardo, filtrato dall'obiettivo, è quello di chi è a caccia di indizi. E di un colpevole. Ma c'è un dettaglio fuori posto anche nella sua vita personale. E la ossessiona.
Quando le strade di Marcus e di Sandra si incrociano, portano allo scoperto un mondo segreto e terribile, che risponde a un disegno superiore, tanto perfetto quanto malvagio. Un disegno di morte.

Finito di stampare nel mese di maggio 2016
per conto della TEA S.r.l.
da Grafica Veneta S.p.A.
di Trebaseleghe (PD)
Printed in Italy